Melvin Mélissa

UNE PIEUVRE AU PLAFOND

Rivages

Retrouvez l'ensemble des parutions
des Éditions Rivages sur

éditions-rivages.fr

Collection dirigée par Émilie Colombani

Cet ouvrage a été proposé à l'Éditeur
par l'agence Editio Dialog (www.editio-dialog.com)

Et voilà la mer, cette grande absence.
Le soleil-ventouse aspire ma brûlure.

Sylvia Plath, « Berck-Plage », *Ariel*
(trad. de L. Vernière)
Éditions des Femmes, 1978

Autotomie

I'll cut you out when you turn purple and green
I'll stop the line to save the machine
It's not cruelty just self-preservation
And I'll cut you out without hesitation

Bad Cop, Bad Cop – *Amputations*

La première fois, la deuxième fois, je tourne en rond, ne me souviens plus : une intrusion visqueuse et salée, dure, un trou qu'il perce au fond de mon enfance. La douleur échauffe le tunnel condamné de ma gorge. Je ne peux pas m'enfuir. La peur écorche, dénoue la chair, l'étend hors de ma réalité. Alors là, seulement là, j'agis. Une pulsion de mort me colle à lui, et de mes lèvres à sa verge, la survie honteuse m'anéantit. Je repousse, chétive, amoindrie, essoufflée.

Il y en aura d'autres, mais ça, je ne le sais pas encore. J'ai quatorze ans, bientôt quinze. Je ne fais pas mon âge. Lui non plus. Il s'appelle Silas. Je sors en douce, le feu au ventre, la colère muselée par des verres de vodka violette. Il me guette et n'est rien sinon quelconque, un jeune au teint olivâtre engoncé dans un manteau de feutre. Je l'embellis parfois, l'enlaidis souvent lorsque la vomissure monte en un spasme brutal et acide, roulé sur une langue agressée, une langue de gamine qui se rappelle.

Nos rendez-vous se répètent, se télescopent, s'éternisent – une boucle de fascination et de secrets. Avant ça, je cherche sa trace sur Facebook et déroule des listes d'amis à l'instar de listes de courses, de tickets de caisse. Je bourre mon cœur, un Caddie tout neuf, de profils et de sosies que j'ajoute aux notes grésillantes de Nirvana. C'est lui qui me retrouve. Vingt et un ans. Nous échangeons nos numéros.

Mon père se saigne au travail. Il n'est pas là, et j'invite Silas à la maison, toujours en cachette. Je lance le DVD du premier *Saw*. Le scénario du film s'échafaude autour du tueur au puzzle, et de deux hommes, Lawrence et Adam, enchaînés à la plomberie d'une salle de bains désaffectée. Le sang coagule et la clef tombe dans le siphon. Pas d'issue. Dix-huit heures pour s'entretuer et espérer se libérer.

Silas se dérobe au supplice télévisé. Les séquestrations, le *torture porn* ? Pourquoi ? Il déteste ça. Ce n'est pas du cinéma. Dès que ses mains suivent l'étroitesse de mes hanches, je bascule à califourchon sur lui. Il me fait découvrir la raideur suffocante de son corps, cet amas qui, soudain, m'encombre et m'impressionne. Le désir que je devine n'est pas le mien. Je veux donner ce que je suis incapable de donner.

Les dernières scènes de *Saw* s'incrustent en moi. Lawrence s'ampute à l'aide d'une scie à métaux. Lawrence, exsangue et à l'agonie, promet à Adam de lui envoyer des secours. Il s'échappe et abandonne un pied à leur ravisseur. Lawrence brûle à l'idée de survivre.

Silas, lui, ne lâche pas le morceau. Au bord de la mer, au blockhaus, derrière le collège. Tout est réglé comme du papier à musique. Je suis à deux cents mètres de la maison. La plage paraît interminable, une plage qui, dorénavant, n'imprime plus l'espace dans mon esprit. La marée haute recouvre la digue. Je me tais. La maison n'existe plus dans la nuit de février. Il y a la plage et Silas ; les ruines et ce que je ne peux pas refuser.

Pas de mots sur la situation. Silas est adulte. Moi pas. Je le laisse me grandir, déportée de mon corps dès qu'il me pénètre. C'est comme ça, une violence que je ne remarque pas encore. J'évite son regard, focalise mon attention sur le décor interlope qui nous entoure. Graffiti, tessons, éboulis. Un tuyau de cuivre traîne au milieu des dunes. Lawrence me revient en mémoire. Lawrence, la chaîne, le moignon.

Je brûle aussi.

J'ai un nom et j'existe.

Je ne veux pas m'éteindre.

Alors un jour, je m'enfuis. Je rentre à la maison pour de bon. Le temps passe, fait son œuvre. Je renais différemment, à demi moi, après de trop longues douches. Silas ne m'intimide plus. Je l'ignore, l'esquive à tout prix. Je cesse de courir après celle que j'étais avant lui, abandonnée en lambeaux sur le sable glacé.

Je m'appelle Sibylle et j'existe.

Limiter la casse

I made some mistakes
I can't deny
So they say
I'm « living life »
Destroy Boys – *Escape*

Dans le fumoir, Marcia s'aperçoit que la cocaïne qu'elle a sniffée aux toilettes, dont elle a aussitôt soutenu que c'était de la merde, commence à agir. Je lui lance un sourire complice, le premier de la soirée. Je vois bientôt apparaître son air de suffisance béate, annonciateur d'une furieuse envie de monologuer. Ses yeux bleus, mangés par des pupilles immenses, ressemblent à deux gouffres.

On ressort, direction la piste de danse, tandis qu'elle ressasse l'historique de son putanat et de l'inceste fraternel qu'elle a subi. C'est compter sans le procès qui arrive à grands pas. Toute l'horreur, l'appréhension et la colère lui reviennent sous des dehors de confidences festives, reléguées au rang d'anecdotes, comme on se rassure en boîte de nuit, entre filles, sur l'homme qui ne nous mérite pas ou sur le message qu'on ne devrait pas envoyer. Je ne pipe mot. Le cannabis m'a émoussé les nerfs, muant mes propres angoisses en oasis oublieuses. Marcia a la hargne de vivre. Une combustion interne paraît l'alimenter. Elle ne se taira plus jamais maintenant qu'elle a osé parler.

Des îlots de lumière flottent au-dessus de la foule et déferlent en faisceaux multicolores. Je tiens la main de mon amie. Livrés aux sables mouvants de la promiscuité, nos corps s'emmêlent tels des rubans de sucre. Marcia affiche une joie surhumaine que j'essaie de capter, et qui détonne avec la gravité de ses discours. Elle plane complètement.

On se déhanche sur le rythme syncopé d'une musique techno, avant de boire un coup. Selon les plus anciens piliers de comptoir, ce qui était une cave cradingue aux émanations de houblon et de shit, infestée de rats sur fond de garage rock, est devenu un bistrot pour millennials nostalgiques. Quelques vieux briscards de la shooteuse nous jaugent, à la fois blasés et perplexes. On dirait des crocodiles dans un vivarium, accrochés à un coin de bar comme à un morceau de viande. Des groupes de jeunes titubent et partagent un fou rire. L'espace d'un instant, je me demande ce que je fiche ici et surtout ce que je fais de ma vie.

J'ai quitté la glaise natale de Berck-sur-Mer pour les pavés de Lille : l'occasion idéale d'entamer des études d'arts plastiques, finalement abandonnées au profit du pointage Pôle Emploi. J'appelle ça « la création à rebours ». Plus que 364 jours d'allocations à peindre et à sculpter tout en espérant me dégoter un agent, voire quelques expositions. Malgré ma panne d'inspiration, j'ai confiance en l'avenir. De nouvelles idées surgiront peut-être du creuset de l'expérience et de l'ivresse, loin des souvenirs éparpillés de Silas.

J'ai ébauché son portrait en technique mixte, à la gouache et à l'aquarelle. Le noir s'est chargé de hachures et de transparences, évaporé en traînées boueuses dont les aspérités et les réverbérations ne m'évoquaient rien, si ce n'est une autre façon de témoigner. N'empêche, même en l'absence d'intérêt, d'éloges ou de la sacro-sainte professionnalisation tant convoitée, je ne serais pas dissuadée de créer. Je n'ai pas la tchatche de Marcia ni sa niaque, mais j'ai au moins ça.

J'ai déjà sûrement un gramme d'alcool dans le sang lorsqu'on trinque à nous, à la sororité et à mes vingt-quatre ans. Marcia se fait vite draguer par un gars mal fagoté, tout en bière et ballonnements. Elle se trémousse sur son tabouret, en cadence avec *You Are My High*, puis secoue la tête vers moi. Elle est tactile avec lui ; pas tactile intéressée, plutôt tactile bourrée. Je m'interpose, jetant au passage un regard hautain à l'énergumène en face d'elle. S'il pense qu'il a une touche, il va s'accrocher à nos basques, ameuter sa bande et on ne saura pas s'en dépêtrer. C'est chasse gardée, quand bien même nos mecs sont perdus quelque part, en train de se mettre minable. On n'a pas besoin de cumuler les problèmes.

De retour au fumoir, Marcia me remercie d'être intervenue. L'effet de la coke, désormais estompé, a pulvérisé son assurance et a laissé place à la déception.

– Je t'en foutrais de l'écaille de poisson, moi… C'est de la merde sortie du cul d'un Vénézuélien, ouais…

Je suis hypnotisée par ses longs doigts tachés de nicotine, pendant qu'elle enchaîne les Winston et les plaintes sur les produits de coupe. Sa récente intoxication au lévamisole l'a rendue critique sur la composition de sa came. À présent, c'est au tour de la lidocaïne de se faire massacrer.

– Peut-être que tu devrais arrêter ?

Elle me fixe. Son visage, aux traits délicats et nacrés, se couvre d'un voile de menace.

– Enfin… arrêter d'acheter chez ce dealer, balbutié-je.

Elle se détend, et heureusement. D'un moment à l'autre, elle me serine que les artistes à l'âme torturée consomment des psychotropes, référence aux *space cookies* que j'enfourne parfois comme des chips, à mes toiles, au roman qui l'habite et qu'elle n'a pas encore réussi à écrire.

– Ça, c'est clair, Sissi. En plus, on est pile au bon endroit pour toper.

Je soupire. À travers la vitre, on voit débarquer une farandole de Lacoste TN, qui approche d'ordinaire les passants aux abords du métro. Les types font mine de chercher une table, mais terminent inéluctablement leur quête aux W.-C. Ils ne prennent même pas la peine de commander un verre, histoire de. Celui qui intéresse Marcia cultive une relative discrétion, si on omet le fait qu'il porte une chapka en été et qu'il lui faut cinq heures pour écluser une pinte. Il a le nez qui coule, pareil à un tuyau cassé, et d'énormes bajoues qui pourraient stocker l'entièreté de sa marchandise.

Marcia le rejoint sans attendre. Depuis l'ouverture des poursuites judiciaires contre son frère, elle part en vrille et claque un fric monstre dans les substances. Ça a toujours été, sauf que je ne la croyais pas capable d'empirer. Fini les actions féministes, le soutien aux mères désenfantées, les cafés littéraires à analyser Preciado, Butler ou Wittig. Les doses régissent son quotidien.

Je bouge du côté des toilettes, pièce à la dimension presque kaléidoscopique tant les graffitis et les tracts bariolent les murs. C'est calme. Néanmoins, les cabines sont quasi toutes verrouillées. Une flaque de liquide non identifié colle à mes semelles. L'odeur d'urine et de cendres me soulève l'estomac. Alors que je pousse le seul vantail entrouvert, je remarque l'homme à la chapka assis sur le trône et Marcia sur ses genoux. Elle se fige, interdite, puis accueille ma vision d'un ouf de soulagement.

Je bloque sur la froideur de sa beauté. Sa silhouette svelte est corsetée dans une robe trop chic pour le bar où nous sommes. Notre duo forme un contraste amusant : la blonde radieuse dont on ne soupçonnerait pas les addictions et la brune lunaire, au style grunge, qui tire constamment la gueule.

– Va chier ailleurs, toi !

– Non, non, t'inquiète, je la connais, tempère Marcia en sortant un miroir de poche de son sac. Elle est grave cool !

L'homme se radoucit un peu et lui tend un pacson à l'intérieur duquel scintillent des cristaux de cocaïne. La voilà qui se trace une grosse poutrelle à l'aide d'une carte bancaire. Elle en fait de même avec ses comprimés de Subutex, prescrits dans le cadre d'un traitement de substitution aux opiacés. C'est sans doute en prévision du manque et de la descente. Elle prétend qu'en sublingual, elle ne supporte pas le médicament.

– Donc tu veux quoi, la miss ? interroge-t-il. C ? kéta ? MD ?

Sa figure, pâle et renfrognée, traduit un état de défonce avancé.

– Non, merci, ça va aller…

Il redresse le menton vers Marcia.

– Ouais… ben pas si cool que ça, ta copine…

Elle ne répond pas. Je l'observe rouler un billet cinq euros et s'en fourrer plein la narine. La scène semble extraite d'un drame social ou d'un reportage sensationnaliste sur les quartiers chauds de Lille. Je recule, le cœur serré. J'aimerais qu'elle me reproche ma complaisance coupable, mon renoncement, qu'elle me dise qu'on rentre, qu'elle a déconné.

Marcia se plante devant moi. On se dévisage en silence, et soudain, c'est l'explosion, un feu de paille, une force qui tape les côtes quand on tombe dans les bras l'une de l'autre. C'est trois fois rien, juste une étreinte solidaire. Les tags décrivent des arabesques fluctuantes et, à l'arrière de mon crâne, je les imagine vibrer de tous les rêves qu'on s'acharne à réaliser.

Suées en cyanotype

Make me a pretty person
Make me feel like I belong
Make me hard and make me happy
Make me beautiful

Garbage – *Sleep Together*

– Je ferai jamais de sevrage à la dure, Sissi. T'es tarée. Tu te rends pas compte. Qui aurait envie d'en chier comme ça ?

Accoudé à la table de camping, Simon pratique la magie chinoise et dissipe le souffle alumineux de son dragon. Le manque a buriné son visage, et ses yeux vert forêt, plantés dans des orbites sèches, flamboient d'impatience.

– Parce que la came, ça te réussit tellement. C'est vrai.

Il fronce les sourcils, écarlate, plein tout à la fois de gêne et d'agacement.

– Je suis justement pas l'exemple à suivre, et Marcia non plus. T'es naïve, tu crois que c'est simple, que quand on veut, on peut, que tu t'aides… eh ben non, tu te goures…

– C'est bon, j'ai compris. Pas besoin d'être désagréable.

Simon a les tendons qui saillent à travers son cou piqué et le regard d'un lapin devant des phares de voiture. Je me lève, puis enfile un T-shirt dont le flocage, effrité par endroits, indique en caractères fuchsia *À votre service.* Lorsqu'il était employé de commerce, Simon aurait réussi à vendre un skate-board à un cul-de-jatte. C'est par manque de Néo-Codion en 2017, à la suite de l'interdiction de la codéine sans ordonnance, qu'il a commencé à produire de la fausse monnaie pour la dilapider en crépitements et seringues. Subtiliser des Codoliprane et manier la chimie douteuse des extractions à froid ne lui suffisaient plus. *C'est du cache-misère, Sissi, et si les tox font plus le tour des pharmacies, alors ils existent pas. Ils ont gagné, ces enculés à la tronche de wassingue.* Il avait éructé sa diatribe en m'apportant quelques grammes de *weed.*

J'ai rencontré Simon à la fac. Il avait trente-deux ans, et moi dix-neuf. Nous avons obtenu l'équivalence du bac ensemble. Il y a eu des nuits de *binge* au bord des étangs et sa carcasse défoncée dans ma chambre d'enfant, les présentations à la famille, à mon père qui le trouvait trop âgé, et ses cheveux blond polaire contre le duvet de mes cuisses, la pâture aux criquets violets où je posais nue, et s'il m'abreuvait de ses lèvres, s'il me capturait dans son reflex argentique, Simon ne me demandait rien en retour.

– Je ne tiens plus en place…

J'ai froid, besoin de bouger, envie de fumer.

– Y a encore quelques joints pour toi.

– Non, je dois juste m'aérer.

Simon m'adresse un sourire arc-en-ciel, une illusion qui s'élève du fond de sa trachée et qui, inexorablement, me décompose le prisme brunasse de l'héroïne.

– On sortira tout à l'heure, si tu veux. Là, j'ai trop fumé pour m'occuper de toi.

Il me claque un baiser somnolent, puis m'étale une pommade de rêves rasoirs : se ranger, et pourquoi pas se pacser, car après tout, *qu'est-ce qu'on est l'un pour l'autre ? ça fait quoi ? presque cinq ans, ma Sissi,* puis bosser des saisons d'hiver chez sa sœur en Suisse, déposer des rouleaux de biffetons à la banque, admirer les cerfs-volants à Berck, se dorer près des cabines pastel, pondre deux ou trois mômes shootés au sucre raffiné, cotiser à la retraite et souscrire une assurance obsèques, mâchurer le quotidien de jolies lignes de faire-part.

– De la conception à la crémation, Sissi, c'est dans la baise que ça se passe.

Simon a une opinion sur tout, sur les véganes et les vaches à hublot, sur les instagrameuses retouchées et les vapeurs de Sephora, sur la précarité et l'étymologie du mot *travail*, sur l'hétéronormativité et le sous-ton de son nouveau vernis, sur *#MeToo* et mon histoire, et sur ceux, comme nous, qui ne sont rien, ceux dont on présume qu'ils ne peuvent devenir que des moins que rien.

Il a posté sur Facebook un cyanotype où je suis prisonnière des volutes du dragon – ce n'était pas de l'héroïne, même s'il imaginait que si, et ça le rendait vil et reptilien, tuméfié de plaisir morbide. Dessus, je suis en nage sur la moquette bleutée. Je clos les paupières. Ma chevelure se déploie en longs tentacules. Les doigts de Simon traversent le cadre et craquent la couture de mes lèvres. Les ombres contre mes clavicules ne servent aucune concupiscence. J'expose ma peau de femme, je suis une curiosité. Je l'entends encore me chuchoter : *T'as l'air raide et difforme, c'est beau, la photo sera belle, et c'est grâce à toi.* Il a censuré mes tétons. Mille quarante-huit réactions. Je fais défiler les commentaires. Ils sont tous dithyrambiques.

– Elle me dérange, la photo…

Il inhale un grand coup et émerge de sa torpeur.

– Je la supprime ? C'est con, quand même…

– Tu vois l'héro dessus ou Sibylle ?

– Arrête tes conneries…

Il y a des tas de choses que je voudrais déballer.

Si tu t'injectais cette merde dans la bite, elle serait déjà en train de tomber. Tu as saturé le réseau, Si. Tu vas crever. Tous les matins, je me dis que tu vas crever.

Les paroles que je prononce sont différentes :

– J'ai peur, Simon.

À ses pupilles rétractées et embuées, je vois, je sens qu'il a compris. Je le serre comme je suis incapable de le serrer. Je presse son dos noueux jusqu'à ce qu'il s'imprime dans la paume de mes mains.

– Hé, hé, susurre-t-il, 4 thermidor, 4 thermidor…

Ses bras m'enlacent plus fort.

– 4 frimaire…

Simon a vu dans nos dates de naissance le signe du destin – le 4 qui réunit les mois des chaleurs et des froidures. Il a remisé le calendrier grégorien aux oubliettes. Ça a du sens pour lui, quand on n'est pas chrétiens ou monarchistes, quand on a lu Vallès et qu'on s'identifie aux fusillés du Père-Lachaise.

À chacun de mes anniversaires, Simon m'offre un portfolio en papier baryté, et ce corps au milieu de la luzerne et des orties, ou dans la literie spumeuse de sa garçonnière, ce corps satiné qui n'est plus tout à fait le mien et que je dédie à son art depuis des années, me revient grandi et reconstitué.

– Vas-y encore, balance-moi que je te vois pas…

Je jette une œillade au Dibond accroché au-dessus de la cheminée. Il a contrecollé le tirage d'une jeune fille tapie dans les ronces. C'est un sac de féminité qui fend le clair-obscur de ses vertèbres proéminentes, une fermeture Éclair écartelée sous une densité de noirs. On ne peut pas savoir que c'est moi, je n'étais pas tatouée à l'époque. Notre premier *shooting* renferme des pellicules gaspillées et des élans de maladresse. Simon n'a gardé que ce cliché, ce souvenir à la limite du glauque et de la pornographie, et il l'a affiché, sans doute parce que ça lui inspirait quelque chose, une tranquillité qu'on ne me connaissait pas et que je n'avais goûtée qu'avec lui.

– Qu'est-ce qui a mal tourné, Si ?

– Arrête, je t'ai dit. C'est pas toi ou la came, le problème…

Il se dirige vers la kitchenette où trône une autre photographie, plus récente. Trois criquets aux reflets de lavande s'éblouissent de soleil sur ma peau blafarde.

– Alors, c'est quoi ?

Il hausse les épaules avant de mollarder.

– Je sais pas, et je le saurai sûrement jamais.

Il s'est délesté d'un mucus épais dans l'évier.

– Je te prends un rendez-vous. Tu es tellement encombré que l'héroïne ne suffit plus à calmer ta toux…

– T'es pas ma mère.

C'est la routine, l'agressivité cotonneuse et les demi-sommeils. Simon se finira aux benzos et pioncera les crocs pleins de bave comme un caniche malade. Je n'ai plus envie de m'en soucier, et pourtant…

– Je suis désolé…

J'enroule mes bras autour de sa nuque. Nous revoilà garrottés l'un à l'autre, à nous inoculer des microbes jusqu'à la glotte.

– Je te prends quand même un rendez-vous avec un médecin. Tu n'es pas obligé de parler de tes… consommations. Bon, et de toute façon, tu n'as jamais eu besoin de moi pour mentir auparavant…

Il esquisse une moue aussi puérile que satisfaite.

– Tu me connais comme si tu m'avais fait.

– C'est dégueulasse.

– Mouais, mais j'insiste, t'es pas ma mère.

Quand je pars prendre mon bain, j'entends Simon fredonner Death Cab for Cutie, *I Follow You into the Dark*.

J'aimerais qu'il s'endorme pour que je puisse enfin m'entendre penser, pour nous rêver une vie loin de la poudre et de la mélancolie. Mais les heures passent, mes cuticules se fripent dans l'eau, et Simon ne dort toujours pas.

La came isole

1

Seems so sick to the hypocrite norm
Running their boring drills
But we are an elite race of our own
The stoners, junkies, and freaks

Alice in Chains – *Junkhead*

Postshoot, y a toujours un résidu de vinaigre qui enfle dans le bide et monte pas plus haut. C'est machinal. À l'odeur du Stericup chauffé et à l'injection, si la nausée me saisit pas direct et que je retire l'aiguille, je sais que la came est toute pourrie. Dans le coin, on trouve quand même des produits corrects, genre pas trop blindés en caféine. Je suis pas chimiste, mais ça se sent. Ça reste de la coupe et ça speede plutôt qu'autre chose, rien à voir avec les premières blanches que j'ai tapées.

J'en tiens une sévère ce matin, à piquer du blase après avoir dégobillé mes sucs gastriques et le peu de flotte que j'ai bue. Valait mieux ça qu'être en manque, cloîtré, à ratrucher des pochons vides. Je remballe mon matos, Stéribox et compagnie, car l'appart doit être un minimum clean pour la Sibylle. En intraveineuse, le flash est plus intense, genre paquet de mer ouatée qui roule jusqu'au cerveau, et ensuite je fermente tranquille dans un lagon de chaleur indescriptible. Que Sissi squatte ou pas, là ou pas là, je m'en fous. J'ai la capacité de plus penser, c'est pas donné à tout le monde.

Je dépose tout de même des viennoiseries sur la table de camping, au moins, elle pourra grailler à son réveil. Elle gère, la Sibylle. Elle se crame pas la caboche comme moi. La beuh reste récréative, malgré les souvenirs horribles qu'elle traîne. Le sexe, ça cafouille grave. On a jamais baisé, pas au sens normatif du terme, s'entend. J'ai zappé, en mode *je suis pas pressé et tout, je te comprends*. Elle sait aussi depuis combien de temps je me détruis les veines et ce que ça sous-entend niveau libido. Peut-être pour ça qu'elle me supporte, j'ai pas d'autre choix que d'être patient. N'empêche qu'elle me fait confiance, et ça, c'est le luxe suprême du tox.

Parlant de confiance, Daniel me téléphone. C'est qu'il a fini par m'accepter. Il me surnomme *chef* ou *mon tchiot*, ça doit compter, sur l'échelle du gendre potentiel. C'était pas gagné d'avance. Au début, on aurait dit que j'étais un morveux qui aurait claqué le cul de sa fille comme un œuf sur son portail. Après, il a compris que je déconnais pas : sentiments et tout le tintouin, épousailles du rouge et du noir, devenir l'ombre de sa main, tout ça. Bref, le daron m'appelle :

– Ouais, j'ai pas de nouvelles de Sissi, ça va, chef, elle est avec toi ?

Je réponds qu'on a fait la bringue pour son anniversaire et qu'elle pionce chez moi. Il me dit que c'est bien qu'on s'amuse, que je suis un bon gars, mais, attention, qu'elle oublie pas son gentil père…

– Non, non, elle te rappellera, va, t'inquiète.

Et je raccroche. J'allais surtout pas lui expliquer qu'elle me gonfle avec ses idées débiles de désintox.

Sissi a rien confié à son paternel. Il l'aurait démoli, ce Silas. Rapport à sa tante qui a été poignardée dans les années 1980 : Daniel a ratissé le patelin à la recherche de l'agresseur, un crevard de mes deux qui a pas digéré l'annonce de son célibat. Il avait dégainé l'arsenal, .22 Long Rifle en bouquet final. Heureusement, les flics ont débarqué avant lui et ont foutu l'ex au gnouf.

Je sors de la piaule et chope un bus. Arrêt Faure. Là-bas, je récupère mon papier coton et mes hologrammes dans la boîte aux lettres d'un vieil immeuble, près de la minoterie. Les vendeurs chinois savent pertinemment ce que je prévois de fabriquer avec ça, et ils s'en battent les couilles. L'astuce, c'est de me faire livrer partout, sauf à mon adresse, des fois que les douaniers redoubleraient de zèle. En soi, cette combine demande pas trop d'efforts. Le plus laborieux, c'est d'imprimer des billets qui rassureront le plumé. Les miens sont bas de gamme, pas du rang de la Camorra napolitaine, quoi, mais deux ou trois pschitts de laque suffisent à reproduire la texture adéquate.

J'ai bâti ma carrière de faussaire sur de bonnes intentions, en tout cas au départ. Je bricolais des certificats de scolarité sur Photoshop, pour que les potes bénéficient des réducs du cinoche et grugent les musées. Le chic, c'était de les actualiser et de chourer divers modèles, issus de différentes filières et universités. On s'était mis d'accord : pas de fraude aux administrations, que de l'entraide pour des gens qui avaient besoin de loisirs. Ça a vite dégénéré : *fais-moi un justificatif de domicile* par-ci, *retouche ma fiche de paie* par-là. Y avait un marché et, plus qu'inspirer la gratitude, ce qui m'attirait désormais, c'était empocher le fric.

J'ai gâché beaucoup de ramettes de papier en suivant des tutos du *deep Web* : l'imprimante à jet d'encre recrache des pages plus proches du Monopoly que de la Banque de France, même avec des *templates* de qualité. Au fur et à mesure, comme pour toute activité, t'investis et tu t'améliores, tu crées des détails qui ajoutent à la crédibilité de la marchandise et torpillent les contrôles aux ultraviolets. Écouler le blé, c'était pas compliqué. Avec Lysandre, mon complice, on brouillait les pistes. Fallait jamais flouer le même commerçant, jamais courir les hypermarchés à cause des caméras et jamais traîner des liasses de cinquante boules. On est rapidement passés aux arnaques Le Bon Coin. Les particuliers, eux, ils captent que dalle.

Je contrefais que trois, quatre mois, généralement à partir de vendémiaire. Ça finance la came et complète les revenus de la photo, et du RSA. À la CAF, dès que tu bosses un peu, ça y est, t'es riche, t'as fait buguer le protocole : au trimestre suivant, on te coupe les vivres. Je vais pas m'esquinter en magasin, ramasser le bordel des clients et me faire payer au lance-pierre pour qu'on me carotte les allocs auxquelles j'ai droit. Les vrais assistés sont bien plus haut gradés que moi... Travailler, c'est signer sa reddition. Travailler lorsque ça te fusille de l'intérieur, s'entend.

Par sécurité, j'ai commencé à refourguer la thune sur le *deep Web*. Lysandre m'en achète de temps en temps. Rien d'extraordinaire, ça lui permet de gâter ses mômes. On a rendez-vous à 11 heures, pas loin de la Citadelle. J'ai rencontré le gaillard alors que je donnais encore dans les photos d'urbex. Il dormait au milieu d'une pile de cartons et de bâches raccommodées avec des extenseurs. J'ai nommé ça « la baraque de pain d'épices », car Lysandre, il a un parfum de sueur et de cannelle qui arrache la gueule, même maintenant qu'il ronfle plus à ciel ouvert. Son souci ? La poudre. Ça, et une copine qui s'estimait courageuse d'avoir brisé le cercle vicieux. Pour foutre le père de ton gosse à la rue, y peut y avoir qu'un motif valable : te protéger. Marcia, c'est le genre de meuf qui croit t'apprendre la vie parce qu'elle arrête pas de galérer. Elle était sous traitement de Sub, prête à pondre une patate bourrée de came. Voilà qu'elle oubliait d'où elle venait et qui l'avait engrossée. Ly imaginait déjà les regards apitoyés et désapprobateurs des infirmières à la maternité.

C'est lui qui m'a initié aux drogues dures à l'époque où je frimais avec mes faux certificats et les Codoliprane volés à la marâtre. J'avais été interdit d'ordonnance, hop, blacklisté par les toubibs de la zone, ce qui entravait ma liberté de consommer aux frais de la Sécu. Et puis, y a eu cet arrêté à la con. Alors quitte à raquer pour me défoncer, autant choper un truc plus puissant.

Retour près du centre-ville. Je poireaute à l'entrée du jardin Vauban, lieu symbolique de mon rapprochement avec la Sibylle. À l'aurore du jour de l'orme, tandis qu'on s'apprêtait à se galocher au sommet de la cascade, une mouette lui a chié dessus. La fiente ruisselait sur sa paupière et fumait en serpentins blancs dans l'air glacial. Sissi étouffait des rires de goret, de peur d'avaler ce qui dégouttait de ses cils. *Attends, je vais te chercher de l'eau à la cascade*, que j'avais lancé d'une voix triomphale en tirant un mouchoir de ma poche. La poilade a continué. On a failli se rouler par terre, à moitié hystériques. Le maquillage était salopé. Elle redevenait cette jeune paumée de treize ans ma cadette, une jeune pleine de cernes et de taches de rousseur. Elle avait pas conscience de son état de désirabilité. Y avait une fêlure dans le regard, quelque chose qui rendait ses rires plus éclatants, et elle s'en cachait pas, elle en avait bavé. J'aimais cette vulnérabilité-là.

Lysandre traverse le passage piéton, je le repère d'où je suis : raide comme un manche, en costard-cravate, il porte des Adidas pour casser son look de cadre dynamique coincé. Ses cheveux blond cendré se torsadent en un *bun* sorti tout droit d'Instagram, et ses lunettes à monture dorée sont aussi larges que des fonds de barils. Il a perdu le charme du ravagé.

– On marche ? qu'il me fait en inclinant la tête vers le canal.

Le macadam décrit une rivière parallèle sous nos godasses, et les châtaigniers ploient au-dessus de la Deûle verdâtre. C'est désert. L'endroit grouille juste de hérons et de blairies. Daniel m'a transmis son savoir en gibier d'eau, il est proche de la nature comme je le suis de l'héroïne.

– Quoi de neuf, Ly ? que je demande.

Putain… À la manière qu'il a de bafouiller, putain, je flaire l'entourloupe, il va disserter sur son alternance et son bachelor « Gestion des entreprises et des administrations ». L'ennui ultime ! L'enculé me parle pilotage de la performance, marketing, politique de l'emploi et s'embourbe toujours plus dans la novlangue en tentant de me définir un bidule dénommé « méthode agile ». J'appelle pas ça des nouvelles.

La Sibylle m'envoie un SMS. Je sens mes zygomatiques s'étirer en un sourire niais. Je pianote, mais efface les lettres à chaque fois.

– C'est qui ? Sissi ?

– Ouais, ouais, je saisis, les études t'ont recadré. Elles entretiennent le moral et la socialisation, tout ça… la vie active…

Lysandre me tapote l'épaule.

– Mec, tu m'écoutes ?

– Hein ?

– C'est honteux ! qu'il s'indigne en imitant René Malleville.

Y a une fulgurance entre nous, une fraternité qui fuse en quintes de rires et en braillements puérils, et puis d'un coup ça retombe, ça disparaît. Sur l'esplanade, la ducasse s'éveille. On y voit la grande roue, traditionnellement installée sur la Grand-Place, affadie sans son kitsch hivernal.

– Alors, c'est Sissi ? C'est quoi les bails ?

Je pousse un soupir rempli de gêne.

– Tu lui as demandé de vivre avec toi ? qu'il insiste.

– Pas encore…

Les yeux de Ly, d'un bleu indéfini, se plissent derrière leur pare-brise en rondelles.

– Ben, t'attends quoi ?

– J'en ai grave envie. Je lui ai même parlé d'avoir des gosses, mais j'étais sous héro, putain… Faut que je fasse ça convenablement. Je suis pas pressé.

– Moi, si j'avais attendu que Marcia change d'avis et me reprenne, je serais encore dehors… Faut être force de proposition des fois, prendre des initiatives. Les nanas, elles kiffent ça.

– D'ailleurs, ta petite Marcia, là, j'apprécie pas trop qu'elle aille acheter de la coke en entraînant Sissi avec elle.

Il rétorque du tac au tac :

– Sissi en a jamais pris, faut que tu redescendes. Marcia, on peut pas l'empêcher… De toute façon, on a un substitut. On touche plus à la meumeu, et tu devrais faire pareil.

– T'es vachement gonflé de me dire ça.

Je serre les poings et presse le pas.

– Simon… Je te jure que la métha, c'est pas si mal. Tu peux pas rester accro toute ta vie.

– C'est bon… T'as le cash ?

Il me donne une enveloppe en papier vergé ivoirin. C'est classe, on se refuse rien. Mes mains moites chiffonnent les billets. Y a le compte. Transaction réussie.

– Je te file bientôt la marchandise.

– Attends, je te raccompagne jusqu'à Répu. Je suis désolé, mec, je voulais pas t'énerver.

– Ouais, c'est à se demander ce que je t'ai trouvé.

Il s'esclaffe, le teint cramoisi par les images vives et gluantes qui doivent s'enchaîner dans son esprit.

– Marcia est pas au courant de notre histoire… Sibylle, elle le sait, mais pas Marcia… elle doit pas savoir, d'accord ?

Pourquoi je balancerais ? Il est con, lui, je suis pas son ennemi. Je lui esquisse un sourire rassurant. Ly grince dans le voile rasé de sa barbe, c'est à la fois franc et tracassé, pas vraiment contagieux.

En route le long du boulevard, il feint de s'intéresser à moi. Je lui réponds ce qu'il a envie d'entendre. Je cause de ce plan bidon d'entreprise pour que mon conseiller me foute la paix. J'aurais jamais dû être honnête et photocopier mon BEP Industries de la mode : ça pète, ça fait artiste, sauf la dominante prêt-à-porter. J'ai beau dire que mes photos se vendent un peu et que je les expose, pour tous ces connards de l'insertion, ça relève du hobby. Leurs offres d'emploi, ça me les brise à mort. Tu me diras, à mon compte, tout ce que je ferais c'est photographier des familles, des meufs en cloque, et des nourrissons aussi, des tas de nourrissons à poil ou affublés de tulle, vaseux et chétifs dans des pivoines en polyester. Le lucratif, le sécuritaire, le chiant.

– Ouais, je sais, toi, tu verses dans les trucs porno et trash, hein.

Je pense au tirage gélatino-argentique où Lysandre gît, presque nu, à côté de son Kit+. Y a beaucoup de grain, et le flou de mouvement sur ses bras repliés confère une atmosphère spectrale à l'ensemble.

– Tu vises quel poste avec ça ? T'es pas très conventionnel.

C'est le moment de prendre la tangente.

2

Are you getting closer and
Do you know you're the one ?
They will never understand
How washed up you feel on the land

Sleater-Kinney – *The Swimmer*

Elle émerge de la baignoire. Des grumeaux de mousse à raser affleurent à la surface de l'eau. Sissi se plaint souvent de sa pilosité, genre *c'est la malédiction des brunes, j'ai fait l'erreur du rasoir*, etc. Avant, c'était impossible de lui bouffer la chatte ou de la faire poser si elle jugeait que *ça* manquait d'entretien. Elle se sentait laide et humiliée, comme si elle méritait rien, et que *ça* la réduisait à une monstruosité de femme. Y a une vraie pénibilité dans le métier de vivre.

– Si, passe-moi un autre Gillette.

– Tu t'enfonces pas dans ta connerie, là ?

Je lui tends le sésame de la féminité passe-partout, douce et artificielle, et elle hésite. Y a pas besoin de mon approbation, merde. Lorsque la lame frôle la broussaille de ses dessous-de-bras, elle me jauge de ses yeux de marsupial, à la recherche d'un signe de contrariété.

– T'occupe pas de moi.

Je décarre de la salle de bains et m'enjaille sur Rage Against the Machine. Ce soir, *ich bin superhübsch* : manucure iridescente, pantalon rayé et bottines compensées. Je ressemble à un type bloqué dans une pseudo-mouvance punk ou à un emo qui a poncé *Box Full of Sharp Objects* sur sa chaîne hi-fi – c'est compter sans ma maigreur et ma blondeur naturelle.

La Sibylle traîne sa nudité et se renippe d'une combishort, un satin moulant qui divulgue les tentacules anthracite de son tatouage. Elle trace un trait de liner sur ses paupières. Je coupe le son de l'enceinte Bluetooth et lui déclare :

– Je veux pas que tu retournes chez toi.

J'entends mon propre ton larmoyant, stupéfait, chargé d'expectatives et de perplexité, et j'ai envie de me cacher sous la moquette, de m'en faire un tout de suite, un putain de fix pour tout oublier.

– J'ai un truc à te demander, c'est sérieux.

Elle noue la bride de ses pompes, des échasses en suédé qui galbent ses jambes crayeuses, tressées de veines bien portantes. Elle redresse ensuite la tête vers moi.

– Est-ce que tu voudrais venir vivre ici, avec moi, pour de bon ? T'es jamais dans ton studio, la plupart de tes affaires sont là. On pourrait être une famille, créer tous les jours ensemble… T'es partante ?

– Il était temps que tu le proposes !

Sa voix est devenue si douce, presque débile, ça me scie sur place. Elle attrape ma main et je sens son parfum de framboise, une onde subtile et sucrée qui ranime ma libido à l'agonie. Je l'embrasse, genre je lui mange le visage, elle a même pas le temps de respirer. Putain, j'en reviens pas… Je suis tout-fou, en rut, heureux de me dire qu'une nouvelle vie nous attend peut-être. Et puis, je la regarde, je vois ses petits yeux marron qui chialent, le khôl qui bave, et ça vasouille dans ma poitrine. Je pense à ce désir d'enfant qui me travaille, à la quarantaine qui pointera bientôt le bout de son nez, et à l'impérieuse nécessité d'arrêter l'héroïne pour que je puisse tenir la route au moins deux secondes.

– On va faire un pacte, que j'annonce comme si j'allais révolutionner le monde, détruire l'État et abolir le capitalisme.

– Quoi ?

Je me racle la gorge, en mode *je vais regretter ce que je vais dire et je me convaincs pas moi-même, mais t'es importante, alors comme Lysandre, je deviens force de proposition.*

– Je vais chez l'addicto si tu vas chez le psy.

Putain, ça m'écœure : mes mots ont le goût de l'ultimatum moisi et du désespoir pervers. En plus, c'est un marchandage que je me vois pas honorer moi-même et qui la rend responsable de mon addiction. C'est tordu.

Sissi a dû lire dans mes pensées, car elle arque ses sourcils et souffle sans détour :

– Je ne t'ai jamais connu sobre.

– Tant que t'es pas dedans, tu peux pas comprendre.

Y a une inflexion lubrique dans ma voix, quelque chose d'impatient et de coupable. Je souris, mais tout ce qu'elle doit remarquer, c'est un rictus grivois et une demi-molle. Maladroit et nauséeux, j'entoure sa taille tandis qu'elle m'accorde un baiser à la fois goulu et sans passion, sûrement à cause de la beuh présente dans son organisme.

– On est tous les deux déglingués, Simon.

Ben oui, c'est clair. Les déglingués ont toujours un radar à déglingués, et plus ça pue le trauma, plus ça les attire. Donc je fais comme d'habitude, et c'est pour ça qu'au bar, après un fix de convenance, je lui baragouine à l'oreille :

– On doit se tirer vers le haut, tu comprends ?

Les néons amplifient les ombres sur ses pommettes. Je remue mon cocktail à la paille. Sissi sirote une pinte de Guinness, au calme, comme si cette mélasse allait la rabibocher avec la réalité.

– Ouais ! qu'elle s'exclame avec un air niais.

Elle est complètement schlass et avachie, à la limite de l'euphorie comateuse. Je caresse sa chevelure et recoiffe les mèches folles que nos étreintes ont ébouriffées. Quand un serveur déboule pour astiquer la table d'à côté, je lui commande un litre de San Pellegrino. Il jette un coup d'œil à la Sibylle et part en direction d'un mini frigo.

– En vrai, Si, j'ai bien envie de toi.

Elle effleure ma mâchoire, me relève le menton et me soutire un bécot.

– T'as trop bu.

– Non, enfin si, mais je sais ce que je raconte et ce que je ressens…

Le serveur nous apporte la bouteille.

– Allez… *Schnell, trink was!*

Je me sens léger, genre l'univers est à mes pieds, je suis un mec mortel avec une meuf mortelle. Lorsque la musique joyeuse et cuivrée s'élève, et que Sissi chante à tue-tête *Sisters Are Doin' It for Themselves,* je me plais à penser que je suis pas si nocif que ça.

– Tiens, ton briquet.

Un type arrive à ma hauteur et me tend un Bic aux motifs licorne. Je le remets pas direct. Il est plutôt attirant. Son hâle méditerranéen, dévoré par une barbe épaisse, se parchemine par endroits, et sa tignasse ébène boucle le long de sa nuque. Passé quelques secondes de flottement, je tilte enfin.

– Ah ouais, t'es le daron qui m'a taxé à l'entrée.

– Haroun, qu'elle rectifie, la Sibylle.

Il accroche un sourire entre le sillon de ses parenthèses.

– T'es tout seul ?

– Je crois bien, ouais.

– Squatte avec nous, si tu veux. Y a de la place…

La Sibylle, après avoir alterné plusieurs goulées d'eau et de bière, s'écroule sur la banquette, puis déclame d'un timbre rauque et cramé par les cigarillos :

– On est un couple de déglingués !

– *Du musst das nicht überall rausposaunen,* que je soupire avant de m'envoyer une rasade de mojito.

Haroun s'enracine. Il nous fixe comme s'il flânait et s'occupait en lui-même de trucs plus intéressants.

– Tu parles trop vite, Si…

– Il vient de te dire que tu n'as pas à le crier sur tous les toits.

La Sibylle me tire la langue avec une magnifique grimace. Je me détourne d'elle un instant.

– Tu parles allemand ?

– Je suis traducteur.

Il me comprend, c'est génial ! La langue de mes ancêtres me vient parfois spontanément. Autant en faire profiter mon entourage et entretenir mon bilinguisme. Le grand-père de Sissi déteste l'allemand – les Allemands ? – selon lui, c'est « discordant, trop agressif et trop complexe ». La tronche qu'il a tirée lorsqu'en plein repas, j'ai fait mon coming-out germanique – du côté de la marâtre forcément, puisque le géniteur est inconnu au bataillon.

– Tu traduis des bouquins et tout ? que je me renseigne pour meubler, et parce que j'ai besoin de soutenir une conversation qui gravite ni autour de la drogue ni autour de Sissi.

– Je suis spécialisé dans le médical et la pharmaceutique.

– Ah oui… T'es une tête.

Je fais signe à Haroun de s'asseoir, et il m'explique qu'il maîtrise surtout l'anglais et l'arabe, qu'il est freelance, et que la traduction technique engrange plus de thunes que la traduction littéraire. On en vient inévitablement à la question qui fâche, celle qui plombe les interactions humaines et me fait dégringoler de l'échelle sociale : « Et toi, tu fais quoi dans la vie ? » D'ordinaire, j'élude ou je réponds « rien, RSA », et les gens, pétrifiés dans leurs grands airs, me cataloguent « Simon sans ambitions ». Je débite parfois un laïus style « je fais comme je peux, tout ça » et y a toujours une nana, généralement une binoclarde en fin d'études, usée par son stage sous-payé, qui se pâme et me cause aliénation du travail, néolibéralisme, etc. Sissi emploie vite la ruse pour tempérer mes colères disproportionnées : « Simon est photographe d'art. » Et là encore, je me sens pas raccord. Les étiquettes collent pas.

Le gars a beau me taper dans l'œil, j'ai pas envie de l'épater.

– *Um ehrlich zu sein, ich bin heroinsüchtig*[1].

Haroun serre son petit cul de quadra en mal d'amour et fouille la Sibylle, moins vêtue que moi, d'un regard circonspect. Il doit chercher des plaies – *pop scars*, bleus et cicatrices d'abcès : bref, le misérabilisme attendu des junkies. Son corps laqué de lumière respire la santé. Au poignet, on aperçoit des marques de scarification qui se sont aplanies au fil des années. Elle s'accoude à la table et balbutie :

– Ah, s'il l'a dit, c'est que c'est vrai.

– Chacun son poison, qu'il fait en m'observant. Moi, c'était la coke. Et toi, c'est quoi ? il s'adresse à la Sibylle.

1. « Pour être honnête, je suis accro à l'héroïne. »

– C'était ?

– Je suis clean depuis six mois. Il paraît que l'héro, c'est le pire du pire. Ça me fait peur, ce truc.

– Oh, ça va. Le matos d'injection est plus *safe* qu'y a trente ans.

– Ah, parce que tu te shootes carrément…

Je suis irrécupérable ; j'en reviens toujours à la came. Le type a des yeux de lynx braqués sur moi, une expression inquiète et admirative sur le museau. Je me demande quel genre d'homme se laisse impressionner par un blanc-bec au flux veineux presque H.S. La Sibylle décide de griller sa carte joker comme si elle avait subodoré le malaise, cette minute de réticence et de gêne précédant la fuite :

– Simon est photographe d'art.

Elle déverrouille son smartphone et scrolle mon site Internet pour lui présenter les quelques miettes de reconnaissance que j'ai grappillées. Je me penche vers l'écran, curieux de voir comment le design rend sur l'appareil de quelqu'un d'autre. Défilent devant moi des titres accolés aux mosaïques scabreuses : *Heroinporno*, *Sibylle*, *Kopfkino*. Beaucoup d'autoportraits capturés sur le vif, durant un flash, et des fragments de corps déformés, tordus ; des lieux glauques et fades réduits au sol de mon appart ; des kaléidoscopes de seringues ; Sibylle à poil ; des morceaux de Lysandre. Je suis sec comme un coup de trique, putain, c'est dingue toutes ces côtes qui saillent sur les photos.

– Tu as exposé plusieurs fois à Amsterdam ? qu'il s'étonne.

– Ouais, j'y retourne à la fin de l'hiver.

– Tu en vis ?

Je fais non de la tête. C'est pas parce que j'ai participé à des conférences, et que j'ai même vendu des tirages que ça m'assure un revenu constant. Je photographie de manière obsessionnelle et intuitive, en pro du bidouillage et du système D. Mais si je me bougeais plus, c'est clair, je gagnerais un peu plus d'oseille. La Sibylle encense mes triptyques, *Cadavres en fleurs*, où des organes génitaux s'affaissent et se désintègrent en superposition contre des plans rapprochés de pistils et d'étamines.

– Il a publié dans un catalogue d'exposition, qu'elle s'écrie avec une fierté quasi maternelle.

Et là, un miracle se produit : Haroun évoque les toiles de Francis Bacon, puis Nan Goldin et Antoine d'Agata. Ça me dégrise, mais genre en bien, un type qui a de la culture artistique. Il prétend que mes côtes sont « kiffantes », et la Sibylle me lance un regard télépathique à la seconde même où je percute que j'ai une touche.

Le reste de la soirée se trouble dans des relents de bière éventée. Sissi indique qu'elle est sculptrice, peintresse, et plus précisément aquarelliste. Haroun la dispense de ce constat puant que les beaufs ont l'habitude de lui dresser : « Ah oui, très féminin, l'aquarelle. » Il gagne mon estime, ce type. Comme j'adore les couleurs des néons et l'ambiance douillettement licencieuse de notre table, je déballe mon reflex. Haroun s'en formalise pas. La pellicule devient une extension aveugle de ma rétine. C'est ça que j'affectionne avec l'argentique : on voit pas la photo avant de l'avoir développée.

Tandis que je mitraille, Haroun s'épanche sur sa séparation : vingt ans de relation gâchés qui le claquemurent dans un studio de Wazemmes. J'imagine la Sibylle qui me quitte, et j'ai les glaires anesthésiées de mes bronches qui remontent. C'est la déprime collective, donc j'abrège en louant sa photogénie.

On a tous à peu près dessaoulé lorsqu'on convient d'un after chez moi. On repasse au night shop, aux environs de minuit, pour acheter des softs et des nouilles instantanées. C'est dans la lumière crue de la supérette que je mate Haroun. Il a dans les quarante-cinq, cinquante piges, mais la Sibylle est d'accord : pas besoin de l'avoir fréquenté plus tôt pour comprendre qu'il s'est bonifié avec l'âge. On procède à la cérémonie éculée des échanges de numéros de téléphone. Sissi nous enserre de ses bras en spaghetti. On dirait une copine d'enfance qui nous a pas vus depuis des lustres. Je glisse ma main dans son dos et rencontre les doigts velus d'Haroun. *Die Nacht ist noch jung!*

Teuthologie, 1ère partie

With the sea anemones
You will there with me underneath
The coral reef hidden by my pussy sheath
Deep below the fishes lay in the seaweed
We will play my eight all around you
I'm so glad my tentacles found you

Lunachicks – *Octopussy*

Les cris de Simon vrillent mon oreille. Au milieu des draps dévastés, imbibés de l'odeur rance du sexe, Haroun le pénètre, s'élance presque en lui. Son crâne bute contre mon entrejambe et me procure l'effet incongru, et curieusement satisfaisant, d'un accouchement à l'envers. Je ne bouge pas. Tandis qu'ils forment un tunnel gémissant de peaux, Simon se redresse, hors d'haleine, et s'écrase contre mes seins.

– Je veux le faire, Si, je veux le faire maintenant.

À cause de l'héroïne, maintenir son érection relève d'une vraie performance manuelle, mais dans ma bouche, le sucre brun semble se dissoudre et son corps se durcir à la façon d'un caramel crémeux.

– Putain, t'es sûre que ça va aller ?

Nous échangeons quelques œillades d'encouragement avant de nous remettre en position. C'est toujours la même puanteur traumatique, cette moiteur salée qui se dépose par vagues sur ma langue, bientôt supplantées par ce goût épais de savon et d'asphyxie.

Haroun se retire dans un long bruit de capote collante. Je sens son regard couvrir ma nudité depuis le bout du lit – une scrutation prolongée, à mi-chemin entre le documentaire et le voyeurisme. Il puise son souffle dans le mien, m'inonde autant de salive que de fumée, puis embrasse la verge de Simon. Son visage entier s'empale dessus. Nos désirs deviennent un travail d'équipe, une séance d'apnée. Je redouble d'efforts. Ce qui me frappe, c'est cette quiétude, cette force leste et tranquille avec laquelle Haroun nous caresse et nous engloutit.

– Et toi, tu ne le baises pas ?

C'est à moi qu'il s'est adressé, et même si j'adore ce pouvoir-là, ce privilège qui me hisse hors de la passivité ordinaire, une pesanteur jaillit du fond de mon ventre. Simon glisse vers nous, et nous nous enlaçons tous les trois avec une reconnaissance symbiotique. Ses gestes éthérés telle une chorégraphie de ballet m'encoconnent, me bercent d'une douceur et d'une gratitude nouvelles. Je ne peux pas aller plus loin. Il le sait.

– C'était bien, commenté-je.

Ils me sourient tous les deux. Je me sens en bonne voie de guérison, à mille lieues de Silas et de ce que j'imaginais être une condamnation à perpétuité. Simon prétend qu'on est plus rationnels, et donc plus bienveillants, par rapport au vécu des autres. Il dit que si je m'observais avec mes yeux d'adulte, je comprendrais que ce n'est pas de ma faute, qu'à quatorze ans on imagine être une femme alors qu'on est juste une enfant. S'il appliquait ses propres conseils, il s'apercevrait que la dépendance à l'héroïne prospère parfois sur le terreau de blessures enfouies. J'ai pourtant confiance en lui et en notre avenir. Nous serons ce que les féministes et les addictologues appellent des survivants. Je ne renoncerai pas à la paix intérieure.

L'empreinte de la nuit, chaude et prometteuse, nous mène dès le midi en ville, dans mon restaurant japonais favori. Je commande des makis californiens. Haroun déguste des brochettes de gambas et Simon, anémique et dans sa gueule de bois, nous imite à regret.

– Il paraît que ton tattoo est de Si, m'interpelle Haroun, l'air d'espérer un détail insolite ou une confession.

Je fais partager ma passion pour la faune sous-marine, et la genèse du dessin. Simon et moi étions pris d'une fougue créatrice, après avoir mangé un *space cake* à Amsterdam. Le défi ? Se représenter l'un l'autre de manière symbolique. J'ai choisi la figure de la Vénus anadyomène et l'ai distordue par un glacis rose. La divinité, à présent agenre, se dressait au centre d'un camaïeu destroy et nébuleux. Simon, quant à lui, noircissait frénétiquement un morceau de carton plume à l'aide d'un marqueur. Les lignes courbes se sont changées en tentacules, et les tentacules en un majestueux poulpe dans les étoiles, dont on ne sait pas si ce sont des astéries ou simplement des corps célestes. L'une de nos connaissances, tatoueur installé à Ostende, a corrigé le motif. C'était mon idée, même si je me méfiais : il aurait pu être un scratcheur ravi d'écorcher les clients de ses stries floues et aléatoires, et je le voyais déjà me piquer muni de son dermographe acheté sur eBay. En pratique, et loin de mes a priori, il était professionnel et à cheval sur l'hygiène, compétent et talentueux, ça oui, et surtout vierge de toute substance illicite.

Simon croise ses baguettes sur le *bentō*. Il grimace un sourire laiteux et pousse son couinement habituel, tout en perles de transpiration et soubresauts d'épaules. Il se lève, les yeux exorbités, avant de me souffler :

– Je vais aux chiottes…

Alors qu'il se dirige vers la cabine de shoot improvisée, il tousse d'une quinte grasse et gutturale. J'ai consulté des articles anxiogènes sur la toux des héroïnomanes chassant le dragon ou sur les dégâts des injections. Les clichés de muscles sanieux et nécrosés m'ont arraché des frissons. J'essaie de rester naïve, de me persuader que ça n'arrive qu'aux autres, que lui, ce n'est pas n'importe qui, c'est Simon, et puisque je l'ai décrété, qu'il ne peut pas en mourir.

– C'est grave, s'ébaubit Haroun. Il en a besoin pour fonctionner.

Le silence s'installe comme un censeur à notre table. On n'a que lui en commun, et je sais qu'Haroun y pense aussi, car il feint le même calme attendri qu'hier soir lorsqu'il me donnait l'impression de lire en lui et de compter, d'entrer dans la seconde moitié de sa vie. Je suppose qu'on déchante vite, dès que les toxines ont été évacuées et que les clartés du jour nous révèlent pour ce qu'on est réellement.

– Tant qu'il n'attrape pas une crasse…

– Tu te shootes, toi ?

– Non, mais j'aime la *weed* de temps en temps.

Simon revient vite près de moi. Il n'a pas la moue traînante à laquelle je m'attendais, celle qu'il affiche de plateau en plateau et qui traduit son apaisement chimique. Je sors sa plaquette d'anxiolytiques, et quand ma proposition s'échappe au milieu des émanations de riz, je me rends compte que c'est comme offrir de l'eau à un alcoolique.

– Y m'en faut plus…

Il ronge ses ongles, baigné dans les estampes du monde flottant punaisées au mur, englouti par la grande vague de Kanagawa qui doit lui évoquer, à cet instant précis, sa mer ouatée et la marée basse de son estomac.

Haroun vide son verre de saké et prend congé de nous. On se fait la bise d'un effleurement chaste et pataud, ce qui reconceptualise pour nous les limites du malaise. Simon l'invite à nous retrouver en fin de semaine : picole et fumette au programme, et plus si affinités.

– Il est pas mal, conclut-il après son départ.

– J'aime bien te voir avec des hommes, avoué-je en minaudant un peu.

– Y a pas de doute… *Du bist die Richtige.*

Je lui lâche un sourire ivre d'amour, puis gâche l'ambiance sans détour.

– C'est bientôt l'heure de ton rendez-vous.

Au cabinet de radiologie, Simon me raconte qu'il a essuyé beaucoup de remarques moralisatrices, souvent de la part de praticiens qui croient que les usagers de drogue cherchent du plaisir dans la souffrance, et qu'ils en feront les frais tôt ou tard. Outrepasser la norme a un prix : *remboursez les intérêts de ce que les stupéfiants vous ont donné, et en nature s'il vous plaît, nous, on sait ce qu'il vous faut, on sait mieux que vous.* Je suis moi-même tombée dans ce travers, éprise de cette image idéalisée et sevrée de Simon, non mécontente de sacraliser les désintox à répétition, confondant protection et infantilisation, et, en fin de compte, qu'est-ce que j'y connais, moi, Sibylle Noiret, à l'héroïne ?

– Le tabac, c'est ça qui me tuera.

– Je n'étais même pas née quand tu as fumé ta première clope.

Il m'embrasse le cou – ce qui provoque une ola de sourires fondants chez la patientèle.

– Putain, vu comme ça…

Un technicien l'appelle depuis le couloir ; Simon détale comme un chien sifflé par son maître. Tout ce à quoi il pense doit se résumer aux rayons X qui le séparent de son sachet et à l'itinéraire qu'il nous fera emprunter pour regagner plus vite l'appartement.

Je surfe sur les réseaux et accepte la demande de suivi d'Haroun. Haroun Sayad, né le 9 novembre, célibataire, intéressé par les hommes et les femmes, originaire de Manosque. Je m'égare dans les publications de son profil. Sa beauté placide, dénuée de coquetterie, ne me laisse pas indifférente. Les traits affirmés de l'âge font ressortir sa délicatesse et sa mélancolie. Je m'abonne en retour.

Quand l'examen de Simon se termine, c'est un homme voûté et déconfit qui revient dans la salle d'attente. Il s'est rhabillé à la va-vite. Son T-shirt *RAW POWER*, qu'il a rentré dans son jean, déborde en bourrelets de jersey.

– Mes bronches sont à la ramasse totale…

J'incline la tête sur son épaule.

– On récupère le compte rendu, et on se casse, poursuit-il. C'est n'importe quoi, ici…

– Ah bon ? Pourquoi ?

Il me repousse d'un léger coup de coude.

– Tu sais le nombre de toubibs qui m'ont regardé de haut ? Tu crois que c'est facile ? Y a pas de plaisir dans ma démarche, que du soulagement. T'as déjà connu un tox heureux, toi ?

Sa voix a monté en un crescendo râpeux, et les patients se rabougrissent dans une gêne teintée de fascination.

– Ils valent pas mieux que les autres, ces connards, et sûrement pas mieux que moi.

– Ne commence pas, pas ici, dis-je d'un ton qui tient plus de la supplication que de la menace.

– JE SUIS UN TOX, ET ALORS ?

Simon s'attire des exclamations effarées, mais la clameur retombe, et j'agrippe son poignet.

– Si, calme-toi…

La porte claque. Je récupère la paperasse à l'accueil, puis trottine à la suite de Simon. Il descend la rue à grandes enjambées. Je lui lance :

– Ne me refais plus jamais ça ! *Kapiert?*

– Ta prononciation est nulle, cingle-t-il en marquant le pas.

– Pourquoi tu câbles comme ça ?

Il m'observe avec une tendresse voilée de colère qui me rappelle la mine pincée de sa mère sur les photos de famille.

– Je suis désolé… Le type, il a remarqué les trous, et tu sais ce qu'il m'a sorti ? Ce bâtard a ricané, genre « vous avez qu'à vous injecter de la chaux, c'est radical, et ça reviendrait au même ». Je vais t'en foutre, moi, de la radicalité – il gifle l'air avant d'abattre son poing contre sa paume. On chope pas des problèmes pulmonaires avec des shoots ! C'est le tabac, Sissi, le tabac !

– Tu oublies la chasse au dragon…

– Donc t'es d'accord avec lui, c'est ça ? Putain !

Simon fulmine.

– Je dis juste que tu vas devoir te sevrer de la came, ou du moins cesser définitivement de l'inhaler…

Il détourne les yeux un instant.

– N'empêche qu'il avait pas le droit de me tailler.

– Je comprends ta réaction, mais je ne suis pas un défouloir.

Il se radoucit et réitère ses excuses. Je cale mes mains dans le creux de ses flancs et le presse contre moi.

Mon crâne s'encastre sous son menton. Son parfum a laissé place à l'odeur caractéristique du manque, une odeur frelatée et acide d'hôpital. Ses lèvres se referment sur les miennes, et je me souviens des paroles de Lysandre, lâchées un an plus tôt devant une pinte tiède : *J'ai tout raté, même mes overdoses, alors les drogues dures sont mon palliatif au suicide.*

– Tu t'es présenté à Haroun en parlant de ton addiction à l'héroïne…

– Ça fait partie de moi.

– Tu aurais pu retracer ton parcours d'artiste ou décrire tes rêves, t'enflammer, et pourtant, tu as choisi de te réduire à une maladie.

Simon recule. Il braque son regard sur moi, un regard velouté et ému, ourlé de cils presque translucides. Le changement d'humeur est si brutal que, l'espace d'une seconde, j'ai peur qu'il fasse un malaise.

– Je veux pas finir entre quatre planches, Sissi. Et si je me fais serrer à cause des faux billets…

Ses mots me flanquent un coup en pleine poitrine.

– Je suis là pour toi. On va trouver une solution.

Il se rapproche, et une fois à ma hauteur, m'étreint longuement. Nous nous ventousons l'un à l'autre au milieu de l'étendue bitumeuse. Nous sommes une pelote de bras et de remous, un dégradé de peaux entortillées. Je repense à mes quatorze ans, aux traînées du manque sur l'épiderme de Simon, et j'imagine que la Manche a gelé quelque temps, comme dans les années 1960 où les hivers ont décimé les poulpes. Elle ressemblerait à une patinoire géante et déserte, un aplat sombre dépourvu de vagues, au-dessous duquel des milliers de tentacules se recroquevillent.

Plus d'un demi-siècle après l'hécatombe, la présence d'une pieuvre sur notre littoral est un phénomène rare. Mais Simon et moi sommes des enfants de la mer, des sales gosses aux sourires opalescents, et tandis que je le ramène à l'appartement, je le sais, et l'évidence me consume : nous sommes déjà des survivants.

Smokin' in the boys room

Just 'cause my world, sweet sister
Is so fucking goddamn full of rape
Does that mean my body must always
be a source of pain?
Oh, no, no, no, no, no, no, no

Bikini Kill – *I Like Fucking*

C'est en troisième que j'ai connu Silas Salembier, lors des « teufs secrètes ». Un élève populaire, du style skateur à la fièvre rebelle, organisait des soirées où tout le défi consistait à distraire des ados défoncés au cannabis. J'étais la seule fille de la bande, et de surcroît, une intello dont la passade punk attirait l'attention. Je fumais comme un pompier et m'intéressais au *street art* ainsi qu'aux photos de Gavin Watson, rêvant de devenir à mon tour une artiste percutante, issue de la classe ouvrière. Autour de moi, les mecs se prenaient pour des rockstars en montée de speed. Ils débitaient des discours réchauffés sur l'anarchisme, persuadés de m'en mettre plein la vue, et je finissais par les envoyer bouler d'un regard condescendant.

Notre révolte résonnait depuis un camping-car, un vieux tas de ferraille qui sentait la sueur et le renfermé. Il était si mal ventilé que la moindre fumette se transformait en aquarium. La vie commençait là-bas, à quatorze ans, et elle n'avait déjà aucun sens. Silas faisait partie des rares individus majeurs qui venaient squatter de temps en temps. Il nous achetait de l'alcool et jouait de la basse comme un pied. Il racontait à qui voulait l'entendre qu'il avait fugué des banlieues moroses du Havre pour faire de la musique. Un gros branleur, en somme, mais son physique agréable rattrapait le coup.

Notre relation a débuté par des œillades furtives et des sourires en coin. Il se faisait appeler Snake, parce qu'il avait une couleuvre tatouée sur le dos de la main. Je mourais d'envie de le fréquenter, d'écailler le vernis peu reluisant du musicien raté. Peut-être m'aurait-il révélé une personnalité atypique, ou mieux, une passion dévorante pour l'art et la culture. Je lui aurais parlé de Linder Sterling et lui de Geezer Butler. On aurait eu des discussions nocturnes sur MSN, des rencards improvisés à l'ombre des dunes, et des fous rires d'amants maladroits. Je me trompais complètement.

Après avoir accepté son invitation sur Facebook et survécu à nos rendez-vous, où il m'avait contrainte à coucher avec lui, je le croisais parfois au camping-car. Il ne me calculait plus en public, ce qui, au lieu de m'offrir un répit, me crispait jusqu'à la nausée. Le cercle des puceaux pas tout à fait disparus continuait de me courir après. Je passais de la connasse récalcitrante à la gamine amorphe en moins de deux, et arrivais à plomber l'ambiance d'un simple haussement d'épaules. J'avais l'impression de m'éteindre, telle une planète catapultée hors de son orbite et prête à se consumer. J'avais fait le tour de cet endroit ; je ne m'y retrouvais plus.

Un soir de février, j'allais partir lorsque Silas a enroulé un bras autour de mon cou. Ses yeux bouffis, si froids sur ma peau, m'évoquaient la cime d'un glacier. On a basculé vers une guérite de tôles mousseuses qui servait de garage, près du camping-car. J'avais encore abusé de la vodka violette et mes jambes ne cessaient de fléchir sous son étreinte. Un radiateur d'appoint fonctionnait, une grille rotative à halogène. Je me suis avachie devant l'appareil en grelottant. Les murs bourdonnaient à la cadence infernale de Black Bomb A, ponctuée de cris et de ricanements en délire.

Silas s'est affalé sur le matelas pneumatique en face de moi. Son visage chafouin trouait la pénombre comme une lune sanglante. Il me semblait que le béton de la pièce ondoyait et me coulait dessus, me pétrifiant dans des haut-le-cœur incontrôlables. J'étais trop saoule pour soutenir une conversation. Tout à son plaisir d'élucubrer, et sans se soucier de mon état, il m'expliquait avoir rencontré des célébrités de la scène hardcore, puis sa voix s'emplissait de trémolos à mesure que son blabla lui rappelait les membres de sa famille. D'abord, son grand frère à qui il n'adressait plus la parole pour une histoire d'héritage, et enfin sa mère, qu'il avait retrouvée raide et livide sur le sol de la cuisine, un mardi, en rentrant de l'école. Silas s'épanchait alors sur les chansons pourries qu'il composait en sa mémoire, dont il espérait qu'elles le fassent percer. Il était de notoriété publique, à Berck et dans les environs, que j'avais perdu ma mère d'un cancer quand j'avais six ans. Le récit de Silas avait touché une corde sensible. Je le comprenais, et soudain, la honte, l'effroi, le mutisme m'ont quittée. Je me suis assise à côté de lui. Il a posé une couverture râpeuse sur mes genoux. J'ai dodeliné de la tête en le regardant s'allumer une clope. J'ai vu le bout rougeoyer et rétrécir, la flamme disparaître en fumée entre ses lèvres, et j'ai sombré.

Pendant la nuit, un poids m'a réveillée. J'avais du mal à bouger et ai senti la crénelure de ma culotte sur mes hanches nues. J'ai reconnu l'ombre de Silas allant et venant comme une lime au-dessus de mon ventre. Il réprimait des soupirs pâmés, et avant que je ne réalise la gravité de la situation, je me suis de nouveau évanouie. À mon réveil, il n'était plus là. Un des gars de la clique est entré. Il avait l'air ulcéré, mais n'a rien dit. Il a sorti des mouchoirs de la pochette de son Eastpak et me les a tendus nerveusement. J'ai déguerpi aussitôt. Je ne crois pas avoir pleuré. Silas, malgré ses tentatives de contact, ne m'a plus jamais revue.

J'ai décroché le brevet et n'ai remis les pieds dans un établissement scolaire que quatre ans plus tard, afin d'obtenir mon diplôme d'accès aux études universitaires. Je me suis soustraite à ma propre jeunesse et aux premières fois, auto-exclue des rites de passage et du marché de la baise, en boucle sur mes souvenirs sans parvenir à les intégrer. J'avais des ambitions, du désir, mais pas une once d'indulgence envers celle que j'avais été, et pas plus de bonté pour celle que je devenais. Puis, il y a eu Simon.

Il portait constamment le même trench en cuir noir, qu'il pleuve, neige ou vente. Je lui taxais des cigarettes à la pause lorsque j'étais à court d'argent. Nos échanges ne comptaient aucun temps mort. Ils éclipsaient toute notion d'horaire ou de contrainte, mus par une spontanéité naïve qui dépassait l'entendement. Les silences recelaient aussi leur lot d'émotions, se condensant pour la plupart en une évidence naturelle, dénuée de gêne. Nous formions le binôme inséparable de la promotion, des étudiants discrets qui, une fois réunis, n'avaient plus leur langue dans leur poche.

Chaque semaine, Simon m'emmenait à son laboratoire de développement photo et dans des bistrots coopératifs où nous philosophions jusqu'à pas d'heure. Il me suivait dans les musées de la métropole lilloise, qu'il connaissait par cœur, et qui me paraissaient hors du commun. Il ne me draguait pas. Ses compliments étaient rares, mais sincères. En sa présence, je me sentais alignée avec tout ce qui me constituait et m'entourait. J'étais amoureuse de lui.

Aujourd'hui, on a transporté le reste de mes affaires à l'appartement, notre chez-nous. Je redécouvre des objets que j'avais oubliés depuis des lustres, dont l'écusson brodé *Punk Is Not Dead* qu'un des types du camping-car m'avait filé. Le Polaroid que Simon a pris de moi, juste avant notre premier baiser, m'inonde de joie. Il m'avait soufflé : *Je pense que l'amour, c'est pas un sentiment, Sissi, c'est un mouvement, tu sais, genre un processus créatif.* Mon cœur avait menacé d'exploser. C'était le moment. Je ne pouvais plus attendre. Simon l'a capturé avec brio. On lit l'urgence dans mes yeux, une espèce de puissance mêlée à ma vulnérabilité habituelle. Le clou du spectacle a été cette fameuse merde d'oiseau. Elle m'est tombée dessus quelques secondes plus tard. Au moins, il a eu la décence de ne pas l'immortaliser.

Mon père a accueilli positivement la nouvelle de mon emménagement avec Simon. Il m'a exprimé son souhait d'être grand-père d'une manière plus pressante qu'à l'accoutumée. Je n'ai pas pris la peine de lui répondre. Je dois d'abord me concentrer sur la construction de ma carrière. Je ne sais pas si je suis prête à fonder une famille, ou même si j'y tiens particulièrement. Marcia affirme qu'on n'est jamais vraiment prête. Elle m'a confié, non sans une certaine culpabilité, regretter ses deux filles. La maternité a contrecarré ses plans : plus de voyages à l'improviste ou de nuits blanches à écrire. Il fallait assurer, éviter les ordonnances de placement provisoire, et prouver à la société qu'elle méritait son statut de mère. Mais comment réussir sans thunes, sans diplômes, sans permis de conduire, car on a passé sa vie à encaisser la brutalité des hommes ? Lysandre n'a pas manqué de se reprendre en main, ce qui partait d'une bonne intention. Il a signé une alternance en laissant à Marcia la charge intégrale du travail domestique, sans égard pour la femme qu'elle était et son besoin d'évoluer.

Son témoignage me refroidit beaucoup. Simon n'est pas de la même trempe, cependant. Il n'acceptera jamais que je mette la peinture entre parenthèses. Quand les journalistes ou les commissaires d'exposition me cataloguent comme égérie, il leur rappelle que je suis avant tout une artiste. Le point noir reste l'héroïne. Ses comprimés de codéine ne me posaient pas autant problème. Leur consommation me semblait plus maîtrisée. D'année en année, avec la came, j'ai assisté à la déglingue de son corps et de son livret d'épargne. Tous les jours, j'ai pourtant fait le choix de continuer à l'aimer, de croire en lui comme il croyait en moi. Notre dernière discussion m'a soulagée. Simon rompt peu à peu le déni qui l'empêchait d'engager une démarche de soins.

Haroun sonne à l'interphone. Je délaisse mes cartons et lui ouvre la porte. Je l'ai invité à prendre le thé sur un coup de tête. D'habitude, je ne sympathise pas avec les conquêtes de Simon. Je me livre à quelques accès de candaulisme : tout le monde y trouve son compte, et c'est sans lendemain. Force est de constater que nos plans ont été chamboulés.

– Simon n'est pas là ? demande-t-il, incapable de cacher sa déception.

– Il rend visite à sa mère, il ne va pas tarder.

Haroun a apporté des baklavas et des cornes de gazelle. Je le remercie, puis dispose la boîte de pâtisseries sur la table de camping. Je vais dans la kitchenette pour faire bouillir de l'eau et l'entends s'extasier devant la décoration, composée d'œuvres d'art et de divers meubles chinés. Je reviens avec deux tasses chaudes en lui déclarant que Simon et moi apprécions les intérieurs vintage, sans chichis. Il lisse sa barbe et avoue écumer lui aussi les vide-greniers, non pas pour le plaisir de la trouvaille, mais par manque de moyens.

– Je pensais que tu gagnais bien ta vie.

– Je dois encore pas mal de ronds… J'ai souscrit des crédits à cause de la coke.

Sa transparence me désarçonne. Je n'oserais pas le juger pour autant ; je connais les conséquences financières de la toxicomanie. Marcia cherche toujours à gonfler son budget stupéfiants en se fourrant dans des combines cheloues. Quant à Simon, il s'est servi du faux-monnayage, contournant ainsi les dettes impayables qu'il aurait contractées d'une façon ou d'une autre.

– Qu'est-ce qui t'a foutu dedans ?

– Le rêve américain, ironise-t-il en aspirant une gorgée de thé.

Je hausse les sourcils, intriguée. Haroun, flatté de piquer ma curiosité, me relate donc ses aventures aux États-Unis avec un humour désabusé, qui frôle l'autodépréciation. À en croire ses propos, l'aube de l'an 2000 se résume à une série de mauvaises rencontres, embourbées dans une débandade de drogues et d'illusions perdues. Après un double cursus en traductologie et linguistique, Haroun s'est inscrit à l'université de Miami pour y préparer un PhD. La ville s'annonçait comme un îlot de prospérité, construit sur le credo *The world is yours*. Il avait en tête les yachts amarrés en symbole de réussite, les palmiers et l'atmosphère veloutée de l'hôtel Mutiny à Coconut Grove.

– Tu avais trop regardé *Scarface*, plaisanté-je.

Il me sourit d'un air complice. Son installation n'a pas été de tout repos. Il s'est heurté à la pauvreté des habitants en file indienne devant les banques alimentaires – un contraste inouï avec le vert clinquant de Fisher Island. On le prenait pour un immigré latino à cause de ses origines maghrébines, et il ne savait pas ce qui était le pire : la remise en question de sa nationalité française ici, ou la négation de son identité algérienne là-bas. Il pratiquait la randonnée et a développé une fascination pour la faune subtropicale, en particulier les araignées. La cocaïne a eu raison de sa thèse. Elle lui permettait de surmonter sa timidité et d'assumer sa bisexualité, jusqu'à ce qu'elle finisse par recouvrir son eldorado d'une brume mortifère. Il imaginait alors que le sable sur la plage n'était pas du sable, mais de la neige qui s'étalait comme un rail poudreux qu'il pourrait s'envoyer à l'infini. Il avait vingt-cinq ans.

– Le reste est une succession de *rehabs* et d'engueulades avec mes parents, conclut-il dans un soupir.

– Je t'admire, franchement. Tu t'en es sorti. La cocaïne, ça accroche, et ça ne rend pas les gens très fute-fute sur le long terme. Sois fier de cette victoire.

– Merci, c'est la première fois qu'on me dit ça.

Haroun a les yeux qui brillent d'un éclat de jais. On dirait qu'il a retrouvé l'assurance et l'élan de l'autre nuit.

– Tu peux nous faire confiance, renchéris-je. Simon déteste les stimulants.

Je rabats ma queue-de-cheval en arrière ; Haroun la regarde effleurer le creux de mes reins.

– J'adore tes cheveux… Simon et toi, vous venez en package, c'est sûr, et c'est lui qui me plaisait à la base, mais tu me touches beaucoup.

– J'ai aussi des histoires à te raconter. Il y a la mer, l'amour d'un animal à huit pattes et même le désenchantement…

– Comme par hasard.

On se surprend à rire. Il allume une cigarette, tire une taffe et me la donne. Je sens l'humidité de sa salive sur le filtre et m'empourpre à l'idée de l'embrasser à nouveau. Simon nous rejoindrait, et nous serions une hydre folle dans un saccage de fumée.

– J'ai vu les tableaux et les croquis que tu as postés sur Instagram. Pourquoi des monochromes ?

– Tu connais Pierre Soulages ? Il a inventé le mot « outrenoir » pour parler de son travail sur le noir et sur toutes les variations qu'il pouvait adopter. Ça m'a inspirée, même si je n'ai pas la prétention d'égaler son talent. Et puis, j'associe souvent les personnes, les émotions ou les odeurs à une couleur précise. Simon, ça a toujours été le rose. Il multiplie les autoportraits obscurs et fantomatiques, mais il ne dégage rien de sombre pour moi.

Haroun m'écoute avec respect. Il déverrouille son iPhone et fait défiler mes créations sur son écran, me communicant sa perception selon la nuance ou la technique employée. L'eau en mouvement – ses formes et ses textures – occuperait, d'après lui, toutes mes toiles, qu'elles soient figuratives ou abstraites.

– Il y a un petit côté onirique, non ? Un truc de l'ordre de l'instabilité et de la métamorphose ?

Son intérêt me réjouit. On est loin des « c'est magnifique » de mon entourage, bienveillants, certes, mais qui ne me poussent pas à la réflexion. Je décide de briser la glace.

– Tu voudrais poser pour moi ?

– Je…

Il observe une pause avant de me jeter un regard enthousiaste.

– Carrément !

Je lève ma tasse de thé pour trinquer à ce projet, qui complètera ma série en beauté. Je visualise un bleu profond et indéfinissable, entaché de pétrole, à l'opposé de la clarté de Simon et du rose – un point de fuite sur l'océan, lorsque le dernier éclair du jour jaillit à l'horizon. Quelque part, on devinerait une Vénus et un poulpe fusionner en ruissellements de violet.

L'enfant des Biscottes

Mama, we're all full of lies
Mama, we're meant for the flies
And right now they're building a coffin your size
Mama, we're all full of lies

My Chemical Romance – *Mama*

Je me rends compte que j'ai toujours suivi les lignes blanches : îlots des passages piétons où la lave bitumeuse se ravivait au contact de ma semelle, marges rétro sur mes photos et, bien sûr, *rush* de poudre sur l'autoroute de mes veines, désormais atrophiées, devenues des chemins de brousse pour de la brune infecte. Le chaos, c'est mon aire projective, mon plan de vie à géométrie variable.

Je sors du cabinet médical et débouche sur la rue de la Soif. Un liseré de néons blafards s'étale devant ma gueule enfarinée. Quelques troudocs munis de leur cabas de courses matent les vitrines des agences immobilières.

Ils rêvent certainement d'un cercueil à crédit. Je jette un œil à l'église du Sacré-Cœur qui dresse ses ciselures néogothiques et son clocher vers un comité de nuages crapoteux, genre blasés de leur propre surcharge pluviale. Il va dracher, c'est sûr.

Ma toubib est top, et super séduisante pour une femme d'au moins soixante ans. Ses dents du bonheur ont scintillé lorsqu'elle a retroussé les lèvres, indignée par l'attitude de son confrère radiologue. *C'est consternant, monsieur Beaumort, c'est la société tout entière qui est consternante.* Je me suis dit qu'elle devait voter à gauche – c'est ça qui serait vraiment séduisant à son âge. Elle se soucie de moi, enfin, c'est l'impression qu'elle me donne quand elle pivote sur son siège à roulettes avant d'aligner les feuillets carbone : bronchodilatateur, spirométrie et prise de sang afin de dépister un potentiel déficit protéique – le même que celui de la marâtre.

La Sibylle emménage officiellement avec moi aujourd'hui, et je me sens si joyeux, j'ai jamais été amoureux à ce point. Elle gagne pas des masses avec le chômedu, alors je lui ai signifié mon intention d'assumer la plupart de nos dépenses. Je lui ai aussi proposé de convertir la chambre d'ami, qui me sert de dépotoir à négatifs, en atelier. Elle me le rendra bien quand elle sera une artiste primée que tous les musées s'arracheront. À l'aune de notre vie commune, j'ai décidé de me laisser tenter par les TSO : traitements de substitution aux opiacés. C'est le regard nacré de ma généraliste qui a pesé dans la balance, ça, et l'envie de me prouver que je peux être moi-même sans héroïne.

La toubib m'a informé qu'elle était pas autorisée à me prescrire de la méthadone. J'ai expliqué que je refuserais la buprénorphine. C'est ce que Ly avait obtenu en première intention, et ça l'a jamais totalement détourné de la came. La primo-ordonnance doit être émise d'un CSAPA[1]. On a téléphoné à celui à côté de chez moi. J'ai rendez-vous la semaine prochaine.

Et v'là-t'y pas que je me retrouve à mâcher du chewing-gum transi comme un clébard sous l'averse – toutes ces simagrées thérapeutiques pour me persuader que j'ai pas creusé ma propre tombe. C'est la troisième boîte d'Airwaves à l'anis que je vide. Je douille des bronches, mes glaires m'étouffent, donc j'ai suggéré à Sissi d'arrêter de fumer avec moi. J'y arriverai pas si elle continue de crapoter ses cigarillos à la vanille. Elle a de la rocaille, des feuilles de tabac coincées dans la gorge qui me laissent croire que c'est plus sexy de s'intoxiquer à vingt ans qu'à bientôt quarante.

La Sibylle a explosé mon baromètre de la longévité relationnelle. Avant elle, que des plans cul écœurants et quelques idylles. Je lui ai avoué que c'est d'abord son look androgyne qui m'a fait craquer : crâne tondu et petits seins laiteux, comme des sachets de thé en mousseline qui s'aplatissent à chaque fois qu'elle s'allonge. Je lui ai quand même parlé de Laurine, qui m'a dépucelé sur son canapé, devant les clips de M6. J'étais à peine majeur. Je me souviendrai toujours de ce Noir à doudoune et des rues de New York mixées sur de la

1. Centre de soin, d'accompagnement et de prévention en addictologie.

funky house, de ma déception sexuelle jusqu'à l'humiliation à son apogée : un pur instant de simulation. Y a eu quelques moments de grâce les années d'après, mais je carburais déjà à la codéine… J'aimais Laurine, et ça me suffisait. De la tiédeur sont nés le ressentiment de l'exclusivité, la claustration absolue de mes rêves et de ma défonce, et surtout cette impression glaçante de revivre chez ma mère. Sissi a jamais éprouvé que de la compersion. On a appris ce mot-là, l'inverse de la jalousie, en écumant les cafés philo sur les relations amoureuses. Ça me rassure qu'elle soit là et observe quand je me fais tringler par un gars. De temps en temps, c'est elle qu'on drague, ça m'excite, un truc de malade. Je la mate en train de se faire payer des verres, et je me trouve ultrachanceux. Haroun, s'il pouvait la baiser aussi, il le ferait… Et pourquoi pas ? Je veux dire, la Sibylle a bien participé l'autre nuit. Je me suis mordu la langue à sang pour m'assurer que je tripais pas sous acide. Un désir tenace se ravive, tout en panaches de nuées ardentes. Je me défendais de l'attiser depuis qu'elle avait chialé le jour de ses vingt ans : l'envie de faire l'amour, façon hétéroclassique.

Après quatre mois de relative chasteté, elle s'est crispée de ouf. J'ai pas osé. C'était comme si j'étais au passage à niveau et qu'un train allait me la faucher direct. J'ai tilté bien avant qu'elle me raconte avoir été violée. J'ai donc fredonné de la merde en allemand et *Kein Liebeslied* de Kraftklub, une chanson d'amour que j'écoutais beaucoup, à l'époque.

Je lui ai bêtement calqué les exercices de mon adolescence. C'était pour *m'habituer* à mes érections tellement ça me foutait en vrac de me voir comme ça, tellement je détestais mon corps. Le pire, c'est que j'ignorais ce qu'il m'évoquait : cette touffe blonde et cette éminence grotesque, c'était pas moi, putain, ça pouvait pas. C'était douloureux de bander en dépit de la parfaite santé de mon appareil génital. Et ce qui avait marché pour moi, c'était justement de ridiculiser l'engin, de l'agiter comme une marionnette ou de le faire chanter avec une voix de chipmunk.

J'avais seize ans et je buvais comme un trou. Ma douleur se résumait à un pilulier chinois. À chaque jour sa couleur, et à chaque jour sa sédation, son cocktail débilitant de cachetons – Loxapac, Seresta et Prozac. Je m'attendais à ce que les pédopsychiatres participent à une imminente révélation intérieure. Qui sait, j'étais peut-être une sublime femme transgenre en germination. Je connaissais ni le terme adéquat ni la faisabilité d'une transition, et j'avais que l'exemple d'*Ally McBeal* en tête, l'épisode 10 de la saison 1 : *Boy to the World*. Y a jamais eu de révélation, alors j'ai commencé à me photographier. J'ai apprivoisé ce qui se fixait sur les émulsions de bromure d'argent. Ça me donnait l'air réel et unifié. Je m'examinais, m'incarnais très vite et très fort, puis disparaissais de moi, blanchi par le processus de développement.

Tout à l'heure, j'ai lu un article sur des méduses dans un lac des Palaos. Elles peuvent plus retourner dans l'océan et suivent la position du soleil pour se nourrir. En fait, les algues qu'elles ingèrent transforment la lumière en sucre. Aux aurores, l'étendue turquoise de la jungle se constelle de milliers de choux-fleurs dorés. Étant donné que ces bestioles sont inoffensives, j'imagine les clichés subaquatiques qu'on pourrait réaliser avec la Sibylle. Je me demande parfois si c'est correct d'avoir fait d'elle le centre de mon art, et si je suis pas qu'une merde avec des prétentions ridicules.

Je traverse la route et sautille dans les flaques d'eau. Avec ses anciennes filatures abritant kebabs et refuges associatifs, le quartier de Lille-Sud ressemble à un gloubi-boulga entre modernité et désuétude. Vitraux et pignons à redents côtoient la fadasserie des logements sociaux dans un mélange de malt et de fleur d'oranger. Tous ceux avec qui j'ai grandi ici survivent grâce aux allocs ou ont le mal du bled, sans cracher dans la soupe pour autant. Ils ont vite pondu des mômes et triment comme des forcenés. D'autres, à la fibre plus entrepreneuriale, brillent par leurs multiples va-et-vient en milieu carcéral.

Mes premiers souvenirs remontent à notre appart des Biscottes, des HLM à large façade de grille-pain, livrés comme le top du « maxi-confort ». C'était spacieux et ensoleillé – un bouillon de cultures surpeuplé où la peur a fini par s'instiller. Les gens les comparaient à la ZUP de la Bourgogne à Tourcoing ou à la Grande Barre de Roubaix à cause des deals et des bagnoles incendiées. C'était pas jojo, OK, mais pas aussi dangereux et insalubre que la presse le prétendait. La Ville a tout dynamité pour réhabiliter la zone au début des années 1990. Y avait cette fumée compacte, et je me suis senti imploser, pris de larmes nostalgiques comme mon oncle Herbert lors de la démolition des corons auchellois.

Je vois la baraque de ma mère, mitoyenne à une villa qui arbore des banderoles arc-en-ciel. Ça me fend d'un sourire ironique, car la gueuse a jamais accepté ma queeritude. N'empêche que je l'admire : Frieda Beaumort était une putain de femme forte et indépendante qui a pas attendu de se maquer pour accéder à la propriété.

J'entre dans le couloir et piétine le courrier. C'est ça, le défaut des maisons lilloises : pas de boîte aux lettres, juste une fente pourrave à la porte ; ça, et des caves mal isolées, construites au-dessus d'un monde de blattes et de champignonnières. Le gardénia et le talc mêlés embaument les lieux, et lorsque je pose les enveloppes sur la table du séjour, c'est l'odeur aigre de renfermé qui me saisit.

La marâtre s'est décatie après le diagnostic de son affection : BPCO[1] stade 2 vite touillé en stade 4, et emphysème *a.k.a.* destruction des alvéoles pulmonaires. Elle a jamais fumé plus fort que des cigarettes en chocolat. Le terrain génétique a été établi pour elle et va sûrement l'être pour moi aussi. C'est la sélection naturelle : à se tirer dans les pattes, on mérite pas de vivre.

– Enfin sorti de ta grotte ? Tu viens me voler quoi, cette fois ?

Elle me jauge de ses yeux délavés, le cul encroûté dans le fauteuil qui m'a vu naître – pas du *cheap*, hein,

1. Bronchopneumopathie chronique obstructive.

du cuir de buffle. À la télé, Jean-Pierre Pernaut bredouille, si bien que je crois qu'il va présenter la fête de la foufoune, mais non, c'est celle de la fourme : minute poilade parce qu'il y a sans doute pensé, *smile* de boniface, fondu sur une carte ligérienne, puis micro-trottoir.

– Alors ?

Elle a le regard en meurtrière, parée à me décocher une flèche de son amour aussi viril que maternel. Un tuyau de silicone relié à une bonbonne d'oxygène enguirlande son nez en bec d'aigle et retombe comme une fronde autour de son cou.

– Relax, je voulais savoir comment t'allais.

– Arrête ton char, tu te moques pas mal de ta *Rabenmutter.*

– Tu pourrais faire semblant de me croire ! que je tonne, et ma voix se fait aiguë, secouée de profonds trémolos glaireux.

Je réprime une quinte de toux, mais cours évacuer un gros dépôt de pus. Sur la tôle de l'évier, mon crachat ressemble à l'une de ces méduses paluannes qui se serait échouée sur la berge, morte d'avoir trop bronzé.

– Tu l'as ? qu'elle s'enquiert. T'es malade ?

Je lève mes paumes au plafond, en mode *peut-être bien.* J'observe les photos de moi encadrées un peu partout, de ma petite enfance à l'âge adulte. Mon selfie avec la Sibylle m'a tout l'air d'être le produit d'une longue session de stalkage sur les réseaux sociaux, accroché ici dans l'intention de prouver à la *Familie* que je suis pas si tordu que ça.

– En fait, je viens te chourer l'adresse de ton pneumologue, et promis, je touche ni à tes médocs, ni à tes meubles.

Je brandis mes ordonnances en guise de drapeau blanc.

– Tu pouvais pas envoyer un texto ?

– Tu m'aurais répondu ? De toute manière, j'ai plus ton num.

Sa tronche taillée à la serpe se rembrunit.

– Y a Charlène, sinon. Elle est au courant, *elle*.

Je roule des yeux. Depuis qu'elle a épousé son ex-patron, un directeur d'hôtel en Suisse alémanique, ma sœur me pompe l'air. Elle enchaîne les grossesses, et voilà qu'elle me gratifie de ses conneries sur le sens de la famille.

– Vous étiez proches, autrefois.

– On a grandi.

Sa bouche gercée s'incurve en un rictus de dépit. Je me sers un verre d'eau.

– Tu te piques encore, Simon ?

Je relève ma manche et lui montre les plaies rondes de mon coude, légèrement sanguinolentes – c'est le signe annonciateur d'un bleu, une conséquence de mon inattention en matière de compression.

– Oh, Simon…

On dirait qu'elle va braire. Je papillote des paupières façon épileptique pour pas me concentrer sur sa gueule de crocodile. Elle se ressaisit et redevient la version malingre de Miss Hannigan dans *Annie*, le film musical dont Charlène était fan.

– Sissi emménage chez moi, que je fais, genre *bonne nouvelle, je suis dans un ménage hétéro.*

Je chope une suée rien qu'à essayer de soutenir son regard évaluateur.

– Et elle, elle se drogue ?

Je fais non de la tête.

– Au moins une chose que t'as pas bousillée.

– On est d'accord.

La déco me file la gerbe, ou alors c'est l'héro. Ce jeu de poupées russes en deux dimensions, ce patchwork mural du gentil fils qui existe pas symbolise à merveille les faux raccords de ma mémoire. C'est flou, parcellaire. J'ai l'image d'un rideau moche, des motifs *seventies*, une toile de douche dont la couleur rivaliserait avec celle de mes étrons. Je me rappelle être à même le sol, sous le lavabo, en train de trembler de tous mes membres, puis c'est le noir total. J'ai jamais su ce qui s'était passé. Le goût métallique du sang m'empâte la langue. Ça me dégoûte tellement que je voudrais pouvoir tout oublier, sauf les après-midi avec Charlène. On regardait religieusement *Vitamine* et pas *Récré A2*, juste pour *Jem et les Hologrammes*. J'enregistrais les épisodes sur VHS dans l'espoir de me créer l'intégrale gratos, et la marâtre réprouvait cette passion suspecte du rose et des rivalités de girls band. Comme de bien entendu, elle a vu en notre déménagement des Biscottes l'occasion idéale de se débarrasser de mes cassettes.

– T'es venu que pour ça, le nom d'un pneumologue ? Après des mois de silence radio ?

Je sors l'enveloppe en papier vergé de Lysandre et la lui tends.

– Je te rembourse. Y a cinq cents euros là-dedans. Je suis pas le voyou que tu crois…

Son dédain humide semble se tarir à mesure qu'elle me dévisage de ses deux énormes billes, des malachites stupéfaites.

– Si t'en veux pas, hein, ça me fait quasiment quinze jours d'héroïne. Je les récupère et ça fout le camp à l'intérieur, que je darde en faisant mine d'appuyer sur un piston de seringue.

Je suis un enfoiré, mais j'ai envie de savoir si sa fierté de vieille réac est plus importante que mon potentiel décès par overdose.

– Et il sort d'où, cet argent ?

– De mes expos, que je mens.

La marâtre pousse un soupir sceptique, s'empare à contrecœur de la liasse et la fourre au hasard dans un tiroir. Elle enserre mon poignet dans le même temps. Ça suffit à secouer la fourmilière au fond de mon bide.

– Je suis en attente d'une transplantation, Simon…

– Je te rembourse et t'entendras plus parler de ton *Taugenichts*, que je tranche avant de dégager ma main et de m'acculer contre le vaisselier.

– Tu comprends ce que je te raconte ? Est-ce que c'est clair ?

– *Kristallklar*.

Elle hausse les épaules, résignée. C'est comme si elle me reconnaissait plus. Je constate la blancheur de la porcelaine derrière la vitre et repense aux organes exsanguinés du Musée d'histoire naturelle, conservés dans du formol. Je présume qu'une fois purgé de la came et de la colère infantile, je serais aussi cadavérique qu'eux, à moitié mort, disparu.

– Ça devrait aller, qu'elle se rassure.

– Mais oui, ça va aller, que je lâche d'un ton rauque.

Je visualise le poumon neuf d'un macchabée dans une glacière, un bout de viande crue qui la condamnerait à me supporter encore quelques années.

– Promets-moi que tu repasseras…

– D'abord, je vais rester un peu… Enfin, si t'es d'accord…

Je m'assieds tandis qu'elle recopie les coordonnées de son spécialiste sur un Post-it bleu. Elle me propose du café et une part de *Mohnkuchen* ensuite. Je me surprends à balbutier un *Mam…* À ce moment-là, quand elle plante ses yeux identiques aux miens dans ma peau aussi pâle que la sienne, et que je la regarde toussoter au-dessus des vapeurs de la bouilloire, je me dis que la guerre froide est préférable à l'indifférence. Notre mur de non-dits est pas près d'être démantelé.

Octavie

Now I've disposed of my routine life
All seemed to implore seconds more
Give me more of this sublime night

Sponge – *Lucky*

Entre ses quatre paires d'yeux et les miens, presbytes et rougis à la beuh, il y a eu une variation de lumière, la nécessité d'une mue. Je mouline dans la purée de pois de mon cerveau. Et si je taille ce brouillard mental au couteau, la lame est sur le miroir. Je me vois hacher la *baïda*.

J'ai adopté une mygale, une *Avicularia purpurea*, et ai aménagé son terrarium au séjour. Il s'agit d'une magnifique créature, un corps de velours qui, du céphalothorax jusqu'aux chélicères, se mire d'une multitude d'irisations violettes. C'est déjà ça – une compagnie qui m'occupe et remplit les blancs de mon quotidien.

Dès l'instant où j'ai entrepris mon sevrage de C, la routine est devenue insipide. Rien n'est assez digne d'intérêt pour donner du sens à mes activités. Depuis que j'ai croisé la route de Simon, je supporte mieux l'ennui. Ce que j'ai remarqué en premier chez lui, à part sa blondeur d'albinos, c'est sa finesse, le charme inhabituel de son squelette en fil de fer. Avec l'envie brutale de me mettre une race, sa rencontre annonçait une rechute carabinée. La nature de ses consommations m'a déçu, mais le zigoto en lui-même m'a impressionné. Il a un tel moteur intérieur, un feu qui le fait rayonner d'une aura invincible lorsqu'il parle de ses photos. Il s'assume à mort et a même une passion, un talent qui le guide. Cette flamboyance m'a séduit.

Plutôt crever que de sniffer de la *rabla*. On en a discuté le lendemain de notre sauterie : la came, ça te démultiplie, ça s'ancre en toi en exerçant une fonction organique qui n'existait pas au départ. La coke, elle, t'amène à une version grandiose de toi-même. Tu te libères ; tu savoures la vie dans une compulsion irrésistible. Tout est fluide et d'une évidence éclatante, en particulier les interactions humaines, sauf que ça ne dure pas. C'est une drogue sociale à la con. Les descentes, de plus en plus rapprochées, ouvrent la voie à l'anxiété et à la dépression. Tu cours après ta créativité et ta flamme pour finir vautré dans la vulnérabilité la plus sinistre. Je le sais bien, je n'en suis jamais revenu.

Sibylle connaît en majeure partie mon histoire. Elle m'a écouté avec bienveillance. Son regard empathique avait quelque chose de réconfortant. J'ai vite compris pourquoi Simon était amoureux d'elle : elle est pétée de talent aussi, pleine de candeur et de sensibilité. J'ai occulté de mon récit le retour à Paris et les galères qui ont suivi. Je ne voulais pas en rajouter une couche.

Mes parents m'avaient coupé les vivres, et j'enchaînais les tracas administratifs, car sans résidence stable. Un copain a alors accepté de m'héberger chez lui, à Château-Rouge. C'était un drôle d'oiseau, qui avait migré dans ce que la presse appellerait plus tard « le triangle du crack ». Il habitait rue Myrha, un boxon à ciel ouvert qui, de prime abord, me faisait l'effet d'une boucle de l'enfer. Le paysage s'étendait en une succession d'immeubles décrépits, le long desquels se dressaient terrains vagues et palissades inhospitalières. Le deal était constant, mais permettait à des familles de joindre les deux bouts. Malgré l'insécurité, le quartier me subjuguait par sa diversité culturelle et son patchwork de commerces spécialisés. Il y régnait un climat de tolérance, un éclectisme qui me rassuraient. Les voisins m'ont bien accueilli. Je garde des souvenirs d'amitié heureux dans les cafés, ou au Tati de Barbès, quand j'accompagnais les tantines en virée shopping.

C'est à cette époque que je suis tombé raide dingue de Mariétou. Mon pote se rendait souvent au bus méthadone, qu'il avait connu à son programme d'échange de seringues. On venait d'arriver à la gare de l'Est, lorsque je l'ai vue. Mariétou portait un manteau bordé de fourrure, et ses cheveux crépus voltigeaient dans la bruine. Elle participait à la maraude et m'a raconté qu'elle avait perdu son père des suites du sida en 1987. Nous nous sommes mis en couple rapidement. J'ai squatté sa chambre de bonne, rue de la Huchette, pendant plusieurs mois. Je ne suis pas retourné à Château-Rouge, grâce à elle, ce qui a suffi à conjurer la tentation du crack. J'ai commencé à bosser en tant que traducteur pour un grand groupe pharmaceutique – une place en or, avec la pression qui allait avec. Le fric virait en petites lignes que j'engouffrais tel un aspirateur endiablé. En vingt ans de vie commune, de notre premier appart à Montparnasse jusqu'à notre loft lillois, Mariétou m'a soutenu bec et ongles. Journaliste médicale et militante contre la loi de 1970, elle ne considérait pas l'abstinence comme l'unique perspective de soins et saisissait l'importance de la réduction des risques. Elle en imposait. Au fil du temps, la femme aux opinions humanistes, que j'admirais et aimais, a pourtant fini par m'exprimer du ressentiment. Après un burn-out, j'ai démissionné et me suis laissé happer par un vortex de merdier : la nuit, la teuf, puis les dettes et les cachotteries. Mariétou ne me l'a jamais pardonné.

Il est 20 heures. Simon et Sibylle ne devraient plus tarder. Le tajine à la patate douce et aux pruneaux mijote, dégageant un arôme acidulé de coriandre et de cannelle. Je roule un joint, tranquille, et rêvasse sur *The Adrenalin Room* d'IAMX. Ma pensionnaire ourdit son nid. Le halo des bougies dépose des aiguilles d'améthyste sur son inquiétante silhouette. Les araignées ne possèdent ni oreille ni système auditif, mais de longues soies fines qui détectent les vibrations sonores, et j'ai cette impression qui me persuade que la mienne tisse au rythme de la mélodie.

Je me suis apprêté pour la soirée. Ma chemise à strass me rappelle le joyeux bordel des boîtes gays de Fort Lauderdale. La *baïda* m'a fait mincir, un truc de fou, alors je ressors les sapes de ma jeunesse. Le problème : je vais reprendre du poids si je n'en sniffe plus. La possibilité de voir gonfler ma panse à bière ne m'enchante pas du tout. C'est un cercle vicieux qui m'a longtemps incité à retaper.

L'interphone sonne. J'appuie sur le bouton d'accès, puis entrouvre la porte d'entrée. Les criaillements à l'autre bout du combiné cessent. Sibylle est la première à apparaître dans l'embrasure. Elle a bouclé sa chevelure et arbore un maquillage discret, tout en scintillements sur l'angle aigu de ses pommettes.

– J'adore ta chemise, tu es trop beau dedans, elle s'exclame en touchant ma barbe fraîchement taillée.

– Tu n'es pas mal non plus, je lui réponds d'un ton enjoué.

Elle me sourit et s'installe au séjour avec entrain, chacun de ses gestes meublant la pièce d'une incroyable vitalité. Elle évolue dans mon appartement comme si elle le connaissait. À son débit de paroles haut perché, j'en conclus qu'elle a déjà picolé. Simon rapplique à sa suite et me présente une boîte de pâtisseries ainsi qu'un cabas rempli de bouteilles.

– On a apporté le dessert et la tise.

Je le remercie et range les victuailles au réfrigérateur. Son gilet rose à épaulettes masque sa maigreur maladive.

– Sympa chez toi !

Le beat saccadé de *Smack My Bitch Up* irradie l'espace. Je baisse le volume. Sibylle se penche vers le terrarium, collée à la vitre comme une fillette dans un zoo.

– Tu ne nous as pas dit que tu avais…

Elle pousse un cri strident.

– Enfoiré, t'as une tarentule ! me décoche Simon dans un rire moqueur.

– C'est une mygale.

– Dément ! Je savais pas que ça pouvait avoir des couleurs comme ça…

Il observe les arthropodes épinglés au mur. Je sers du vin blanc et tends un ballon à Sibylle qui fraise le terrarium d'un regard éberlué.

– Arachnophobe ?

– Juste le temps d'apprivoiser la bête.

Le rire de Simon redouble. Il montre son téléphone :

– Qui apprivoise qui ?

À l'écran, Sibylle est plus jeune. Elle est nue dans une gaze si transparente qu'on peine à distinguer le tissu du grain de sa peau. Ce qui me choque n'est pas son crâne rasé ou l'absence de tatouages, mais l'énorme *Grammostola rosea* aux reflets caramel sur son omoplate. En arrière-plan, un cabinet de curiosités : des lilas de mer séchés décorent des jarres de formol où macèrent mollusques et poissons divers, entourés de fossiles d'ammonites.

– Superbe, cette mygale rose du Chili.

Simon évalue rapidement mon commentaire, tâchant de déterminer s'il ne cache pas la colère d'un amoureux des animaux, et pour s'en assurer me fait part d'un *disclaimer* :

– Aucun arachnide n'a été blessé lors de cette session.

– C'était à Ostende, elle ajoute, chez son pote tatoueur. Ça te plaît ?

Et comment ! Si j'avais rencontré une nana de la trempe de Sibylle, ça aurait été le pied. On aurait été les maîtres du monde, des êtres de vice et d'amour au cœur d'une ferme tropicale.

Je me compose un visage impassible et déclare :

– C'était beaucoup de risques pour pas grand-chose.

– N'empêche qu'on a fait de jolies photos.

Je m'humecte le gosier d'une rapide lampée d'alcool. Sibylle continue d'examiner sa voisine à huit pattes, maintenant affairée à l'inspection de sa gamelle d'eau.

– Elle a un nom ? C'est un mâle ou une femelle ?

– Une femelle, et non, pas encore… Je réfléchis…

Pendant le dîner, Sibylle enfourne deux assiettes du tajine et me quémande du rab. Je verse la portion de Simon dans un Tupperware. Son appétit est au plus bas : il s'est contenté de picorer une cuisse de poulet. On dirait une version alternative de moi-même. Après l'arrêt de la C, j'avais du mal à m'alimenter : c'était lichette de compote sur lichette de compote, smoothies et soupes froides.

Sibylle me questionne sur la maintenance d'une mygale comme si elle était un agent secret de la préfecture ou une néophyte sur le point d'acquérir son premier spécimen.

Je lui parle de l'association avec laquelle j'ai décidé de collaborer. Elle place les animaux issus du braconnage et de saisies judiciaires chez des capacitaires, pour leur offrir une vie meilleure. J'ai adopté mon *Avicularia purpurea* par son intermédiaire.

– Et pourquoi pas Octavie ? elle suggère.

– Pour la bestiole ? Non, Simone ou Ulricha, c'est classe, ça.

– Féminisation de tes prénoms… pas du tout nombriliste…

Elle fixe Simon d'un air désabusé avant de se laisser choir sur le canapé. Ses ondulations tapissent l'accoudoir, lianes denses et capiteuses qui me donnent envie de m'y lover.

– Octavie, j'aime bien, je fais en ouvrant la boîte de pâtisseries sur le passe-plat. Sinon, j'avais pensé à Violaine.

– Non, c'est vieillot, et elle profère ces mots avec la résolution d'une mère qui sait ce qu'il y a de mieux pour sa progéniture.

Minuit approche, et puis une heure du matin, deux heures aussi. On papote de tout et de rien, de plongée sous-marine à Miami, de l'atelier de Sibylle et de mon futur portrait en monochrome. Simon lance *Above*, l'album du supergroupe Mad Season.

– Si j'avais la voix de Layne Staley, jamais je la fermerais, il s'enthousiasme.

– Oh, parce que ça t'arrive de la fermer ? raille Sibylle.

Nos rires éclatent le maillage feutré de la musique, et de quelques boutades, on passe au sujet de leur récente mise en ménage. Ils ne forment pas un couple conventionnel, et ça me branche. Je suis curieux de voir le tournant que va prendre leur histoire, surtout s'ils continuent à m'inviter dans leur intimité. C'est peut-être ma chance de repartir à zéro.

– Vous êtes un sacré numéro, je murmure.

Simon et moi échangeons une œillade complice. Il est beau, et quand ma main s'enfouit dans ses mèches rebelles, il est sublime.

– Putain, ça me fera encore plus d'effet après un bon fix…

Sibylle s'étire, les muscles bandés comme un arc, et soupire :

– Toi et la came…

À ces paroles, Simon se lève et attrape son sac à dos. Il demande à utiliser la salle de bains. En dézippant la fermeture Éclair, il laisse entrevoir un collecteur jaune, format voyage, et j'apprends que c'est là qu'il jette ses seringues souillées.

– Ça te dérange ?

– Est-ce que j'ai le choix ?

– Est-ce que tu me dis non ?

Je lui indique le fond du couloir sans broncher. Je n'ai jamais fréquenté un toxicomane aussi désireux de bien faire. Il est à cheval sur l'hygiène et la qualité de son matos. Je ne peux pas m'empêcher de penser au travail acharné de Mariétou : il a porté ses fruits et a contribué à préserver la santé de milliers d'usagers.

Je me tourne vers Sibylle. Je la trouve plus mignonne que d'habitude, presque éthérée, rayonnante.

– Tu as besoin d'un T-shirt pour la nuit ?

Elle acquiesce. Je fais coulisser la porte de ma chambre. L'ampoule à filament révèle mon désintérêt flagrant en matière de décoration. Il manque des guéridons, et la parure de lit est complètement dépareillée.

– Normal que tu te sentes seul.

Sibylle pointe du menton le *king size*, dont la couette est à peine défaite sur un côté.

– Mais vous êtes là, maintenant, non ?

Son sourire espiègle me charme. Je lui file un maillot orange, trop large pour son gabarit. Elle regagne le séjour et se déshabille. L'image de son corps svelte, vêtu d'un simple tanga en dentelle, bouillonne dans mon esprit. Je siphonne le reste du chablis en silence. Elle s'assied ensuite, puis broie une de mes têtes de cannabis. Elle essaie de préparer un pétard.

– Je roule comme une merde, elle commente, alors que la feuille se froisse entre ses doigts.

– Laisse, je fais en récupérant les miettes de *weed* sur la table basse.

Je place le tonc et confectionne un joint parfait, que je glisse entre ses lèvres. J'allume le briquet. La flamme éclabousse son visage d'une lueur mordorée. On partage quelques lattes avant de se blottir l'un contre l'autre. L'odeur suave de la beuh nous enveloppe, et j'aime comment Sibylle expire la fumée vers ma bouche. Mon cœur bat à tout rompre. J'ai l'impression de sentir le sang pulser dans mes veines lorsque nos fronts se touchent, et qu'elle recule, les yeux pâmés. Je l'embrasse et caresse son cou. Elle renchérit par un baiser encore plus frénétique. À ce stade, j'ignore ce qu'on a foutu du bédo. Le canapé pourrait prendre feu, et ça ne serait rien à côté de ce que je ressens.

– Vous voulez pas aller à la mer ?

Je m'écarte de Sibylle. Simon, appuyé sur le passe-plat, ne cache pas sa jubilation. Il plane, l'air absolument ravi.

– Vous êtes grave sexy, il souffle en ramassant le joint par terre.

Et puis, à moitié hilare à moitié dans les vapes, il se meut vers Sibylle et plaque le menton sur ses cuisses. Elle effleure le duvet de ses mâchoires, un ersatz de barbe qui le rajeunit.

– Sissi, je veux voir la mer.

– À Berck ?

Il opine du chef. Sibylle m'adresse un regard interrogateur.

– Qu'est-ce que tu en penses, Haroun ?

Je considère la proposition le temps d'un battement de cils et hoche la tête. *Fuck yes*. Ce n'est pas l'écrin aigue-marine de la baie de Biscayne, ou les calanques de mes années étudiantes, mais *fuck yes*.

Une mue. Repartir à zéro.

– Ouais, cette escapade… ça va te rafraîchir les sinus…

La diction pâteuse de Simon m'amuse. On convient d'une date et d'un moyen de locomotion. Comme de coutume, je conduirai – malédiction des gens véhiculés, officieusement reconvertis en taxis par un entourage de sans-permis. Sibylle s'excite comme si ma venue allait conférer une tonalité particulière à sa contrée natale. Je l'écoute en lustrant ses cheveux, et elle s'occupe de Simon qui jappe et atteint l'orgasme capillo-crânien tant convoité.

– On va se coucher ? je bâille.

– Je pique du blase, ouais…

Les jambes de Simon flageolent. Il avance d'une démarche dégingandée et ralentie vers le lit, puis se fourre sous la couverture.

– *Gute Nacht, meine Lieben…*

Sibylle coupe la télé. Je vais à la cuisine me servir du lait et la sens se déplacer dans mon dos comme une ombre dont la densité m'accaparerait. Elle cherche la mygale tapie dans l'obscurité du terrarium.

– Bonne nuit, euh…

– Octavie, j'achève dans un sourire paisible, et mon ton se fait définitif. C'est Octavie.

La satisfaction se lit sur sa figure.

– Bonne nuit, Octavie.

Alors qu'elle se dirige vers la chambre, un éclair jaillit, un éclair qui s'enfuit de mon plexus et m'emporte auprès d'elle. Son corps se déploie au milieu des draps. Elle ne s'est pas démaquillée. Je contemple la texture irrégulière de sa peau, le bleu morne des cernes qui transparaît sous le fard. Elle m'embrasse à nouveau avant l'extinction des feux.

– Bonne nuit, Haroun.

Ils sont tous là. Simon, Sibylle, Octavie. Et quelque part, dans ce cocon de sucre soyeux et de vieille rose, je crois, je sais que tout ira bien. Et je ferme les yeux.

Mer ouatée

1

And so we watch the sun come up
From the edge of the deep green sea
And she listens like her head's on fire
Like she wants to believe in me
So I try

The Cure – *From the Edge of the Deep Green Sea*

L'air de la Sibylle oscille entre appréhension et jubilation, je le vois à son regard alors que j'empoigne la paire de ciseaux. La double lame s'ouvre sur une couette à ras du cuir chevelu. Avec mon T-shirt en skaï et mon matos, je ressemble à l'un de ces bourreaux de *survival horror* qui charcutent de la minette pour se sentir bander. Sauf qu'y en a un qui débande vraiment, genre il en revient pas, il va boire pour oublier… c'est Haroun. Appuyé contre l'arche de la kitchenette, il assiste à la scène dans une expression d'impuissance et d'incompréhension mêlées.

– T'es sûre ?

Je me marre lorsqu'elle affecte le ton d'une actrice porno qui viendrait de s'en prendre une dans le cul et qui implorerait avec emphase et professionnalisme :

– Vas-y !

– OK…

J'inspire profondément. Haroun se barre à la fenêtre. La fumée de sa clope menace de m'étouffer parce que le vent refoule à l'intérieur de l'appart. Sissi, vissée à la chaise, clôt ses petites mirettes. C'est l'heure de l'élagage. Je coupe derrière l'élastique. L'épaisseur de ses tifs chuinte sous les frottements métalliques, et en m'acharnant un peu, je finis par récupérer un joli scalp façon queue-de-cheval. J'examine mon bout de femme, sa mine aussi hilare que décomposée, et ça a quelque chose de grotesquement sublime. J'ai commencé par le sommet du front : on peut plus renoncer à moins d'oser le mulet à la redneck, et à cette merde, c'est non négociable, j'opposerais mon veto.

Je continue jusqu'à l'obtention d'une coiffure à la garçonne, masse d'épis aérodynamiques qui éclipserait Desireless et sa raideur de balai-brosse. Je ramasse ensuite les couettes et les emballe dans des sacs refermables. Sibylle compte les envoyer à une association qui fabrique des perruques pour aider les personnes atteintes d'un cancer. Ça lui tient à cœur : le crabe a tué sa daronne. Ma Sissi, de ses six ans, tout ce qu'elle a retenu, c'est l'allure chauve et morphinique d'un corps en forme de lit d'hôpital. Elle en parle pas, comme si son père était un mollusque qui s'était autofécondé, et quand on juxtapose leurs traits, on souscrirait presque à cette thèse du sang bleu.

Sissi émet un gloussement nerveux. J'ajuste le sabot de la tondeuse, histoire de tout égaliser correctement. Haroun fait de Lille un vaste cendrier, ce qui l'empêche pas de déployer ses esgourdes et de me capter en mode sonar à l'instant fatidique du rasage.

– Vous êtes tarés.

Au premier vrombissement, elle couine et halète comme un bichon chez le toiletteur. Haroun détourne le regard. En dépit de sa constance stoïque, il émane de lui une aura de malaise fébrile, et je sens que ça lui déplairait pas, au fond, de mater le carnage capillaire. Je passe l'appareil sur le crâne de la Sibylle dans un crescendo de vibrations, et les touffes chutent en un vermicelle séraphique, pailleté.

Ça dure une minute à tout casser. Je souffle sur mon œuvre afin de balayer les cheveux qui traînent. On dirait un kiwi ou une jolie couille oblongue. Elle frissonne, allégée des standards cisnormés, et je me dis que son vieux va me descendre. Haroun s'amène.

– T'es hyper douce.

Sissi a ce roulement d'yeux caractéristique qui m'indique que la tonte l'a sensibilisée aux caresses. Elle me fait signe de lui donner le miroir posé sur l'évier. Je m'exécute. Elle s'analyse sous différents angles, appréciant les contours de sa caboche ou l'ovale de sa mâchoire, ses oreilles plus décollées que d'habitude.

– J'adore, qu'elle se réjouit.

Elle se lève et range les Ziploc de cheveux au fond de sa valise tandis que j'utilise le ramasse-poussière. Haroun démarre le GPS sur son iPhone.

– On arrivera aux alentours de midi et demi. Tu as prévenu ton père ?

– Pour la coupe ou notre venue ?

Haroun la dévisage, interdit. Le sourire mutin de la Sibylle semble le soumettre à sa condition prochaine : un squatteur en week-end, chez un daron qu'il connaît ni d'Ève ni d'Adam.

– Je te charrie ! Bien sûr qu'il est au courant.

Il se détend, puis referme la fenêtre. Ça caille dehors.

Après mon nettoyage, je vérifie que j'ai toutes mes fioles de méthadone dans ma trousse de toilette. À raison de 120 milligrammes quotidiens, ça m'en fait une tétrachiée à emporter. Franchement, à part la somnolence et le risque accru de caries, c'est cool. Je ressens pas l'envie de me shooter.

Au début, malgré les tests urinaires et l'adaptation de la posologie, je me défonçais encore – et pour plus trop d'effets. Alors, j'ai arrêté. J'enfilais ma peau comme un manteau d'occasion et trimballais ma barbaque au centre, là où l'infantilisation sirupeuse me collait à la normalité tant rejetée. Je suis con ou maso : j'ai toujours de l'héro sur moi, de l'héro que je consomme pas… Dingue, quoi ! C'est la peur de manquer, ça, l'automatisme de la survie. J'ai ma bouée au cas où, et carrément la mer ouatée dans une doublure de poche.

J'ai hâte de défricher le continent dévasté de ma libido. Faut savoir que je lance rarement les parties de jambes en l'air. La méthadone peut pas être pire que la came. Putain si on m'avait dit, y a des mois de ça, que je m'installerais avec la Sibylle et qu'on craquerait pour le même loustic, que je décrocherais de la cigarette et de la came, je l'aurais pas cru ! Faut que je joue au loto.

Le plus pénible, quand même, ça a été de me saquer tous les matins, d'aller gober mon traitement au self de la réhabilitation sociale. Au bout de trois interminables semaines, pas pratiques du tout, à perturber mon rythme de sommeil, j'ai obtenu mon multipass pour la vie de tox sous couverture. J'ai recroisé Lysandre et lui ai filé les faux billets qu'il m'avait commandés. J'ai décidé d'écouler mon stock et de me tailler une retraite. Le faux-monnayage comporte trop de risques. C'est de l'argent sale maintenant que je m'efforce d'être clean, et j'ai plus le droit à l'erreur.

– Je suis fière de toi, Si.

La Sibylle observe les bouteilles de sirop avant de m'embrasser à pleines dents. Je serre ses tempes alors que ma langue part à la rencontre de la sienne. J'ai jamais été capable de rouler une pelle proprement, je bave partout, et je sens la viscosité de notre amour me couler des lèvres, mais je suis vivant, et ça, c'est plus mon problème.

2

Ich geh mit dir, wohin du willst
Auch bis ans Ende dieser Welt
Am Meer, am Strand, wo Sonne scheint
Will ich mit dir alleine sein

Nena – *Leuchtturm*

Durant le trajet, je fignole l'esquisse d'Haroun. Je teste différents pigments à l'aide de mes crayons aquarellables : c'est plus pratique que les godets pour voyager, plus compact, et surtout je ne risque pas de salir la banquette arrière. Je confronte le résultat à mes précédents brouillons. Toute l'idée du portrait consiste en un jeu de textures à l'aide de gesso semi-absorbant, de couteaux à peindre et d'aquarelles mixées à la gouache.

Je range mon carnet à croquis, insatisfaite. La route se lézarde en lambrequins de maïs fanés, les bosquets nous vomissent leur rousseur et les champs se recouvrent d'une fine poussière d'eau. On ne discute pas beaucoup. Haroun se concentre sur l'itinéraire et la signalisation des radars. Je m'étire et sens son regard, réfléchi dans le rétroviseur, me balafrer comme un coup de canif. Simon passe une main à travers l'accoudoir central pour me caresser le genou. Dès les premières notes de *Venus Man Trap*, il augmente le volume et s'exclame :

– Oh ouais, que de souvenirs !

Il entonne le premier couplet avec excitation. Nous enflons en chœur et montons dans des aigus d'orfraies. À cet instant, c'est comme si nous n'étions qu'un seul corps dans l'amnios de l'habitacle, maintenu en vie par les riffs et la surtension de nos voix. Haroun affiche un sourire amusé. Simon gonfle ses poumons du mieux qu'il peut, mais s'essouffle vite. Il inspire une goulée d'air et me tapote la rotule.

– Tu l'avais inclus dans ta playlist, tu sais, avant qu'on se mette ensemble. Deuxième album des Veruca Salt, *Eight Arms to Hold You* : un poulpe en jaquette dans une constellation d'étoiles de mer. Tellement toi.

– C'était une déclaration d'amour.

– Et je t'ai répondu : Nine Inch Nails, avec de la bonne vieille *Neue Deutsche Härte* ! Tout aussi intense que toi.

– Quoi ? intervient Haroun. Vous vous êtes pécho avec de la musique ?

– Ouais. Dix-neuf ans et pas froid aux yeux, la gamine. Elle me grave un CD où ça arrête pas, que du bon son : Red Aunts, Le Tigre, The Gits.

– Wow, des compilations. *So nineties*.

– Je suppose que j'avais aussi un message à faire passer, admet Simon en tournant brièvement la tête vers moi. Le pire, Haroun, c'est qu'en vrai… ben, on osait pas faire le premier pas. On était des timides à l'âme en feu !

La coupole d'acier et de shingle du centre hospitalier arrondit la ligne d'horizon. J'informe mon père de notre arrivée. On suit le chemin du cimetière municipal. Je repère en un coup d'œil l'allée qui mène au caveau maternel et lorgne les nouveaux lotissements, aussi austères que des blocs de granit. À cet emplacement, autrefois, il y avait une basse-cour et des ânes. Ça rendait les visites moins macabres. Mon grand-père, qui avait pourtant dit de ma musique qu'elle « réveillait les morts », ne comprenait pas pourquoi je déposais des K7 et des disques sur la tombe de ma mère.

J'ai toujours dédicacé des compilations à mon entourage. En troisième, j'en ai préparé une à l'intention de Silas et ne l'ai jamais terminée. Ça aurait dû m'alerter. Je ne culpabilise pas d'avoir été violée, mais de l'avoir aimé, lui et pas un autre, de l'avoir aimé alors qu'il me violait.

Crépuscule. Stade dépeuplé. Silas encadre ma mâchoire de ses paumes. Ce geste, accompli avec une infinie délicatesse, suspend à mes lèvres des mots qu'on n'adresse pas à un homme plus âgé.

– Je t'aime.

Un rictus lui déforme le visage. Il ne me répond pas. Le blanc cireux de son propre silence le déshumanise. Il est là, à quelques centimètres, et je ne le reconnais plus.

Je suis amoureuse de Nosferatu. Les ténèbres se collent à moi, et j'ai mal.

Une main enserre ma nuque à la façon d'une lionne qui tient ses petits.

– Sissi, ça va ?

Sa silhouette se penche grossièrement au-dessus de moi… le cuir et la rose… le grain de cette peau, ce duvet… le cartilage noueux sur mes cervicales…

– Simon ?

– Oui… t'es partie, hein ?

Je me masse les paupières. L'air marin me fouette le nez. La maison se dresse sur un crépi de grès rose, jalonné de volets lilas et dc chambranles crayeux. Simon porte ma besace en bandoulière, de laquelle dépassent mes pochades et mon matériel de peinture.

– T'es en sécurité, annonce-t-il d'un air grave.

Ses cheveux, en contre-jour dans l'éclaircie, irradient de soleil.

– Désolée…

– C'est pas ta faute.

Une fois sur le porche, je remarque qu'Haroun a déchargé nos valises et le surprends en pleine discussion avec mon grand-père.

– Oh non, Sibylle… tu as recommencé !

Lucien Noiret a l'expression contrite et maussade d'un parent qui apprendrait que son enfant a replongé dans la came.

– C'est que des tifs, ça repousse, objecte Simon en me flattant le cuir chevelu.

Mon grand-père paraît déçu. Sa bedaine, étriquée dans une chemise en flanelle, se ratatine lorsqu'il exhale un soupir de résignation.

– Sibylle ! T'as encore changé de look ? Laisse-moi te regarder, s'écrie mon père en émergeant de la salle à manger.

Ses yeux pervenche m'auscultent de la tête aux pieds.

– Tu ressembles à Sinéad O'Connor !

Il m'étreint avant de flanquer une torgnole de bienvenue à Simon. Haroun se présente comme étant mon ami. Il explique mon invitation parce qu'apparemment, je suis comme ça, une gentille fille à la main secourable et lui, un pote qui a besoin de se changer les idées.

Nous déjeunons dans l'un de ces restaurants où la pêche et la cuisine s'élèvent au rang d'art local. Je commence par un plateau d'entrées qui comprend caudière à la boulonnaise et croquettes de crevettes grises, nappées d'une sauce au beurre. Haroun sirote du whisky avec mon père. Les deux partagent tour à tour leurs hypothèses sur le devenir de la gauche. Les rires se font jaunes et parfois gras, puis retombent comme des soufflés lorsque mon grand-père s'avoue vaincu depuis les dernières élections. Simon et moi restons en retrait, tant la politique nous semble pipeautée. On passe alors aux bavardages inhérents aux retrouvailles familiales. Mon père m'encourage une nouvelle fois à réaliser mes rêves d'artiste. Il se rabat ensuite sur Simon, qui n'inspire aucune joie de vivre. Entre la suspicion de BPCO, et la transplantation pulmonaire de Frieda, le sujet de conversation dévie et porte inéluctablement sur notre nouvel acolyte. Ce déroulé semble convenir à mon grand-père, qui n'a jamais été très à l'aise en présence de Simon. J'ignore s'il l'horripile ou l'indiffère, ou si c'est l'épisode du bal populaire qui a suscité cette défiance.

Le soir du 14 juillet, il y a trois ans, Simon et moi sommes allés nous promener. Sur la route, on a vu la nuit se faire bombarder. J'ai gravi le sentier jouxtant le stade jusqu'à l'endroit où Silas m'avait emmenée. Les nuages continuaient de nous exploser au visage en étincelles de rose et de vert, et dans ce pèlerinage qui aurait pu être morbide mais ne l'était pas, sous ce ciel amnésique du jour, nous nous sommes follement embrassés. On a décidé de rentrer. Entre-temps, mon grand-père était parti danser. Il est revenu chez mon père vers quatre heures du matin, couvert de berdoule en pleurant. Nous ne l'avions pas entendu, et lorsqu'il a ouvert la porte de ma chambre à la volée, comme pour me prévenir d'un danger imminent, sa face rouge de vinasse s'est fendue en deux. Un cri qui n'avait plus rien d'humain nous a pétrifiés. La porte a claqué si vite qu'on aurait pu croire à une hallucination. Pourtant, j'entendais à travers les larmes et les vagissements alcoolisés : *Y a un Chleuh ! Un Chleuh dans la maison !* Et puis un bruit sourd, comme une chute au ralenti, et les pas de pantoufles de mon père, l'interrupteur qu'on actionne, le rai de lumière sous la porte… Nous n'avons même pas osé nous rhabiller. Le lendemain, j'apprenais par mon père que Lucien avait aperçu des hommes en uniforme – sûrement des flics – et avait paniqué.

Il s'était muché dans un buisson avant de progresser par le fossé, pour esquiver les phares des voitures et les potentiels contrôles d'identité. Il pensait à ses seize ans, à l'Occupation, au convoi I28. On n'a jamais reparlé de l'incident, et ses interactions avec Simon se sont depuis limitées à quelques règles de savoir-vivre.

Je suis agitée et plutôt ivre quand on sort du restaurant, alors j'achète un paquet de cigarillos à la vanille. Fumer me manque : le geste hante les jointures de mes doigts. La première taffe me carbonise bien comme il faut, et je veille à établir une distance de sécurité entre Simon et la fumée. Il n'a pas l'air de m'en vouloir. Ma famille part se préparer pour la chasse à la hutte, ce qui me permet d'aborder le programme d'Halloween. Simon renouvelle son aversion des films gores, soutenu par Haroun qui restreint la sélection à quelques *slashers* cultes.

Cette fête me rappelle ma mère. Elle cousait mes costumes, et nous nous déguisions ensemble pour quêter des sucreries dans le voisinage. Le soir même, je dévorais mon butin devant les aventures de Scooby-Doo. Elle me préparait son traditionnel chocolat chaud à la marmelade d'orange, me laissant touiller le mélange ou monter la crème en chantilly. C'était notre moment à nous. Chaque année, à cette période, je me sens enveloppée de sa force et de sa douceur. Simon a donc choisi de ravaler sa fierté révolutionnaire, et de lâcher le calendrier qui va avec, tous les 31 octobre.

L'après-midi s'écoule entre lèche-vitrines et balades iodées. Ce sont les mêmes anecdotes que je relate en roue libre : beuveries d'ado et nostalgie enfantine.

Lorsque j'évoque Dino Discount ou Miny Délices, mon vécu s'enjolive de présentations dignes d'une brochure touristique. J'ai de la chance d'avoir grandi ici, au bord du monde. Je suis fière de mes origines : le charbon et le sel dans le sang. Simon, pour qui mes sempiternels radotages n'ont rien d'inédit, nous invite à bifurquer vers le front de mer.

L'esplanade déroule sa plage de sable fin, ses façades rétro aux carrelures bigarrées, ses villas, dotées de fenêtres arquées et de balcons, au style néo-normand. Il n'y a pas foule. Les glaciers ont fermé boutique depuis la fin de l'été. La Manche est démontée. Un cerf-volant flotte par-delà les dunes et les vagues revirées du ciel, un poulpe corail qui tresse ses tentacules au fil du vent. Simon déballe son appareil photo. Je croise mon reflet, évoluant et fluctuant dans les carrosseries de voitures comme une ombrelle de méduse.

Nous décidons de faire des commissions pour notre soirée et de passer chez le caviste, histoire de nous cirrhoser en bonne et due forme. Lorsque nous rentrons à la maison, nous sommes seuls. L'armoire à fusils s'est clairsemée. Mon père nous a laissé trois Tupperware à réchauffer – du lapin à la forestière – et a allumé un feu de cheminée. *Running Back* de Thin Lizzy comble l'espace boisé du salon et, très vite, le canapé se déplie. Simon étend une couette, rehausse les oreillers d'un traversin. Il fait chaud et les draps sentent la lessive de mon enfance. J'enfile un pantalon de pyjama et un caraco. Haroun nous apporte le frichti sur un plateau. Nous trinquons à Halloween, et je rends grâce à Simon d'un baiser fruité, aromatisé au lambrusco. J'embrasse aussi Haroun, avant de tenir la chandelle à mon tour.

L'alcool me détourne rapidement des *Griffes de la nuit*. Je m'enfouis à plat ventre sous les draps. Je titille l'élastique du boxer de Simon et ouvre la braguette d'Haroun : ce que j'ai envie de faire requiert une coordination que je n'ai pas. Une bouffée d'air me rafraîchit le crâne, signe que quelqu'un a soulevé la couette.

– Freddy a même pas encore zigouillé Johnny Depp !

Je les observe à tour de rôle d'un regard oblique. Haroun semble figé dans un désir timide. J'emmêle mes doigts avec les siens. Le satin humide de mon pyjama empoisse mes mouvements. J'ai l'impression d'être en papier mâché. Simon finit par me déshabiller. Il m'effleure les omoplates et, de caresse en caresse, me place entre ses jambes. Je prends sa semi en bouche, non sans une certaine appréhension. Le contact est plutôt piquant et herbacé, et bientôt dur comme du bois. Je fais couler de la salive, puis me délecte de sa raideur. Alors que je m'attarde sur les nervures de son frein, il bascule la tête en arrière, alangui comme en plein flash d'héroïne, et me somme de l'engloutir. Je m'exécute et cherche Haroun de la main droite. Les pleurs se mêlent à la bave tandis que mon poignet fatigue sous l'effet du va-et-vient. Les deux ont une vitesse de croisière différente ; ça devient compliqué de désynchroniser mes mouvements. Simon se penche ensuite, m'obligeant à reculer, et délie sa langue sur Haroun qui pousse un soupir d'excitation.

Après ce qui me paraît être une éternité, Simon me prévient de son éjaculation. On dirait que je bois au goulot d'une bouteille de champagne secouée : c'est écumeux, pulsatile et terriblement salé. La texture chaude et gluante se sent du fond du palais. Je retiens quelques spasmes. Haroun répand tout son foutre sur la face de Simon, et je ne peux pas m'empêcher de sourire.

À la manière dont ils me regardent tous les deux, de leurs quatre yeux carnassiers et embués, je comprends que mon tour arrive. Simon m'attrape par les hanches et m'installe à califourchon au-dessus de lui. Je bous d'impatience. Je veux l'infuser de ma présence et de mon amour, m'ancrer dans sa chair comme s'il personnifiait les contours de ma propre existence.

Je lèche ses joues, ses oreilles, ses cils… Il a un drôle de goût, légèrement âcre, qui se fond à la saveur naturelle de sa peau, à la sueur et à Haroun… Sa face est entre mes seins, et sa main entre mes cuisses. Il exerce une faible pression de la pulpe de ses doigts, puis me défait, m'écarte, et c'est ce plaisir informe et épais, à l'instar d'un essaim, qui m'achève à mesure que j'en réclame encore. Je demande à Haroun de se placer derrière moi, ce qu'il fait, et son érection épouse la courbure de mes reins. Il m'embrasse des lombaires jusqu'au sommet du crâne.

Simon plonge ses yeux au fond des miens. Ce regard vert, mazouté dans la pénombre orangée, se suffit à lui-même.

– T'inquiète pas si j'arrive plus à bander… Avec la métha, ça reste compliqué…

Il frictionne son gland contre mon clitoris tel un peintre en état de transe hypnotique. Je me mets à quatre pattes et me cambre. Haroun continue de se frotter à moi. Je sens une tension entre mes fesses, un poids qui s'y immisce par intermittence. J'explose. C'est les grandes eaux. Je jouis tellement fort que mon corps se convulse, comme si l'orgasme comprimait mes poumons et remontait dans ma gorge pour m'achever.

Simon me plaque sur le côté, à sa gauche, et m'enlace avec une fougue communicative.

– T'es vraiment incroyable…

Je tire Haroun vers nous. On reste là quelques minutes, blottis, alignés comme des sardines sous un opercule de silence. Nous partageons tous les trois un rire allègre, un peu naïf même, tandis que ma peur se désagrège dans le passé.

3

Is this my life?
Am I breathing underwater?

Metric – *Breathing Underwater*

Le week-end se passe comme sur des roulettes, à merveille même. J'ai eu une putain de bonne idée de nous faire venir ici. On picole, on baise et on profite de la mer jusqu'à plus soif. J'ai expérimenté de nouvelles prises de vue à la plage, et sans surprise, la Sibylle a été un cobaye génial. Quand je la photographie, je ressens un truc indescriptible, genre spirale de tendresse qui pétille dans ma poitrine et me rappelle la chanson d'Everclear, *Brown Eyed Girl*. En plus, l'air de Berck me fait un bien fou – pas étonnant, puisque la ville a bâti sa légende sur la rééducation pulmonaire. Ce qui me coupe les pattes, en revanche, c'est de réussir à bander direct. Je mets trois plombes à envoyer la purée, ça, rien de neuf sous le soleil : c'est la routine après avoir consommé des opiacés pendant vingt ans, mais avoir une gaule rapidement… Je m'y attendais pas. Ça me semble presque surnaturel compte tenu de ce que Lysandre m'a raconté sur la méthadone. Les effets secondaires, je les supporte. Ils changent pas trop de l'héroïne, hormis les suées qui gouttent partout sur ma tronche. J'espère qu'elles vont disparaître, parce que j'ai pas signé pour puer la mort.

C'est notre dernier jour sur la Côte d'Opale, et me voilà dans un bar, à causer de ma bite et de ses exploits comme un jeune en rut. Sissi paraît amusée. Elle me répond que la beuh engourdit parfois sa libido et lui sape l'envie de se masturber. Haroun aboutit à la conclusion que le sexe et les substances font jamais bon ménage. J'irais pas jusque là. Moi, c'est le pénis qui me flanque le malaise. Mon désir reste néanmoins assez puissant pour m'inciter à la copulation.

– Y a pas que ça, que je bougonne, un peu ivre. J'adore les queues autant qu'elles me dérangent, la mienne comprise.

Ma déclaration me file la chair de poule. J'ai l'impression d'avoir admis publiquement que je tourne pas rond.

– T'inquiète, réplique Sissi en inclinant son verre vers moi, et je vois à la douceur de son regard qu'elle me comprend.

Haroun hausse les épaules, déconcerté. Il m'effleure le genou discrètement sous la table, alors je descends la main aussi. On enroule nos doigts un petit moment, et ce geste me réconforte. Sa rencontre a donné un élan irrésistible à mon quotidien. La Sibylle en pense pas moins. Il s'intéresse vraiment à elle, et pas question pour lui de semer la zizanie entre nous.

Le bar où nous sommes est le seul ouvert un dimanche de basse saison. Les murs de brique, recouverts de vinyles et d'affiches de concert, m'évoquent mon ancienne chambre d'ado. Les spots projettent une lumière tamisée, légèrement pourpre, sur la scène vide. Le canapé défraîchi, qui pourrait presque sortir de la benne, semble crier grâce dès que quelqu'un s'assied dessus. On est sur une banquette aux auréoles de cuir craquelé, signe qu'elle a déjà soutenu une ribambelle de culs. Chaises en bois brut et tables en métal patiné se complètent bizarrement dans des relents de pils et de spray dépoussiérant. Tout ici transpire le rock, et je guette le son rugueux d'une guitare pour vibrer jusqu'à l'os, sauf que les employés diffusent un mix YouTube que je trouve absolument à chier.

Sissi se lève, révélant une robe pull ajourée qui laisse pas grand-chose à l'imagination.

– Vous reprenez la même chose ?

On acquiesce, et elle part vers le comptoir sous les coups d'œil affamés des clients. Elle commande nos bières, puis s'accoude tranquillou au bar.

Un courant d'air glacial pousse une odeur de clope à l'intérieur. La porte vitrée claque. Un type au look déglingos vient d'entrer. Il a l'attirail du punk à chien sans le chien : badges en tout genre sur sa veste élimée, piercings plein la face et iroquoise affadie, qui retombe comme une plante étiolée. En vrai, s'il se coiffait mieux, il serait méga stylé. Un gosse d'environ cinq ou six ans lui colle au train – son fils, je parie, tant il lui ressemble trait pour trait.

Le gars salue la barmaid. C'est un habitué, ça se voit. Il reluque la Sibylle, et une grimace triomphale fleurit sur ses lèvres. Limite, ses cheveux vont se redresser et rougir comme lui. Je me dis qu'il va pas oser la draguer devant son gamin, mais il continue de lui sourire, ce con, et il balance :

– Elle te va grave bien, cette coupe !

Sa paume suit l'arrondi de son propre crâne, et je remarque qu'il a un tattoo de malade sur le revers de la main, une espèce de serpent jaune vif dont les écailles virent progressivement au bleu. Le mec est pas moche. Il a juste une gueule de dalleux avec des yeux hyper foncés, ce qui suffirait à crisper le sphincter de n'importe qui.

Sissi est loin d'être flattée. Elle passe par toutes les couleurs de l'arc-en-ciel, en mode désagrégation intérieure, puis devient aussi blanche qu'un cachet effervescent. Elle reste figée, absente, prostrée. Je percute pas. D'habitude, elle recale les lourdauds illico presto, et ça me plaît autant que de la voir emballer un pauvre type qui se doute pas qu'elle rentrera avec moi.

Le con insiste pas et appelle la barmaid, qui le surnomme Snake et lui demande si son taf au supermarché retarde pas son projet de disque. À cet instant précis, mes neurones font la connexion, et les bribes du passé de la Sibylle s'emboîtent pour me livrer l'incarnation parfaite de l'obscénité : Silas Salembier.

Je bondis, ce qui provoque une secousse à notre table et tire Haroun de son scrollage compulsif. Sissi recouvre ses esprits en même temps. Elle oublie les pintes fraîches sur le comptoir et nous rejoint. Sa démarche a rien de naturel. On dirait un zombie.

– Je veux qu'on s'en aille…

Sa voix est étonnamment monocorde. Elle m'observe, ravagée, en train de sombrer de nouveau dans ses souvenirs. Je suis une torche humaine qui brûle de haine, putain, et je suis prêt à en découdre. Elle doit sentir ma fureur, car elle marmonne :

– Ça n'en vaut pas la peine, Simon…

Haroun se rend compte de la gravité de la situation. Il s'empresse de déclarer :

– Il ne faut pas qu'on la laisse là.

À l'entendre s'agiter derrière moi, soucieux de l'état de Sissi et plus que déterminé à quitter ce trou à rats, je retrouve mon sang-froid. L'instinct de protection supplante l'envie de violence, et on se casse à la vitesse de l'éclair, sans payer. Je fais même pas attention aux gens ou à cette merde de Silas.

Haroun saute au volant de sa bagnole. Je m'installe à l'arrière avec la Sibylle. De vilaines larmes lui sanglent le visage. Elle se débat, hagarde, avant de beugler lorsque je me penche sur elle pour l'attacher. Je sais qu'elle a pas vraiment peur de moi, là, elle me reconnaît pas. Elle est partie.

Elle s'enfonce les ongles dans les bras et se gratte par saccades comme si rester dans son corps lui donnait de l'urticaire. Alors, je l'attrape par les poignets, la plaque contre mon torse et lui murmure des trucs en allemand.

Mon parfum et ma langue maternelle, ça aide à la ramener à la raison. Elle tente de se dépêtrer, mais je resserre mon étreinte, qui me fait plus penser à une prise de catch, et finis par l'immobiliser. Je lui répète :

– *Alles ist gut… Du bist bei uns sicher*[1]…

Haroun nous zieute de temps à autre dans le rétroviseur. Une veine monstrueuse saille sur sa tempe. Il a l'air dérouté, et surtout bouleversé.

– C'était le connard qui l'a violée ? qu'il crache, et je perçois sa colère froide, teintée d'indignation.

– Ouais… On l'avait encore jamais croisé…

Je poursuis ma ritournelle en allemand. Au bout de quelques minutes, Sissi lève la tête vers moi. Elle me fixe, les yeux pleins d'affection et de détresse, genre enfant battue. Ça me fend le cœur, mais d'une force… Je me revois à l'appart des Biscottes sous ce lavabo de l'angoisse. Je devais être en CP : en CP, putain, et déjà la sensation d'agoniser.

Je me concentre sur la Sibylle. Elle se souvient uniquement de Silas et de son compliment indésirable. Je lui souffle qu'elle a rien raté. Je veux pas lui rajouter du stress en lui décrivant ce qui s'est passé.

Quand on arrive, je suis soulagé de constater que Daniel et Lucien sont pas à la maison. Haroun emmène Sissi à l'intérieur. Elle dégaine le reste d'un pétard et tire direct dessus, tandis qu'il fouille les placards de la cuisine, résolu à lui préparer des crêpes. C'est cool, il a capté que l'équilibre mental de la Sibylle est étroitement lié à son sentiment de satiété.

---

1. « Tout va bien… Tu es en sécurité avec nous. »

Le calme se rétablit. Quand Haroun et Sissi s'embrassent, j'ai l'impression de discerner les contours d'un nouvel amour – comme une bulle qui les encoconne et a besoin que de moi pour se renfermer. Sauf que le rideau de douche de mon enfance tapisse le dôme de mon crâne, style moquette oppressante de *Shining*, et que je commence à me rappeler…

Ma mère chiale tout son soûl. Elle braille. Y a des livres par terre, des bris de glace, du schnaps renversé. Je sais que c'est ça, car ça schlingue la poire macérée, l'alcool. Je reconnais le papier peint campagnard : un ersatz d'enduit constellé de pichets en porcelaine et d'épis de blé. On est dans la salle à manger de mon oncle Herbert.

Ma mère continue de brailler, et mon oncle lui gueule encore plus fort dessus. Il lui fout une grosse mandale. Elle bascule en arrière, se rattrape de justesse contre le buffet en chêne. Charlène tremble comme une feuille morte. Je suis là, minuscule, à regarder les adultes se déchirer. Ma sœur essaie de me traîner par la manche.

– Cache-toi, Si !

Et puis une obscurité démoniaque m'assaille, la trouille de ma vie. Ma mère ouvre la porte d'entrée, hurle à Charlène de courir. Elle me prend dans ses bras, en pleurs, me supplie de lui pardonner.

Je pige toujours pas le rapport avec le rideau de douche, ou le lavabo. Je décarre dans la chambre d'ami. Tant pis pour l'amour à trois. Je refuse de me souvenir. La mer ouatée m'attend au fond de ma poche. C'est pas judicieux à cause de la méthadone censée assommer mon organisme, mais j'en ai plus rien à battre.

J'ai pas de kit d'injection, donc je verse la came sur l'écran de mon téléphone et façonne des rails épais. Je sniffe à tire-larigot, en apnée, au bord de la rupture d'anévrisme. La texture sableuse cascade le long de ma gorge, m'irritant de sa bonne vieille amertume magique. La nausée monte, pas celle que j'espérais, et je m'en veux à mourir.

Teuthologie, 2e partie

I'd like to be under the sea
In an octopus's garden with you

The Beatles – *Octopus's Garden*

Le train dans lequel nous sommes assis tangue au fil des villages et des plaines que je connais par cœur. Cette fois-ci, on ne descend pas au terminus. Le paysage se vallonne tandis que le ressac des vagues piquette l'horizon, signe que nous atteignons le Boulonnais.

Haroun nous a invités au Centre national de la mer pour nous remonter le moral après l'incident du week-end dernier. Ça reste flou pour moi. La terreur de mes quatorze ans m'a cependant vite quittée. Lorsque je serai en état, une confrontation avec Silas s'imposera. Je reprendrai le contrôle. J'étais impressionnable à l'époque. J'ai voulu protéger ma famille de la vérité, mais j'aurais dû l'ouvrir avec perte et fracas au lieu de disparaître.

La mine renfrognée que Simon a affichée une partie de la semaine s'est détendue. Quelque chose le travaille, quelque chose qui ne concerne ni sa santé ni Silas. Je lui ai témoigné ma sollicitude, en vain. Il refuse de parler. Haroun dit qu'il se confiera en temps utile, quand il se sentira prêt.

L'océan est un carré de jardin. C'est l'impression que j'ai lorsqu'il nous apparaît en volumes d'eau salée où d'infatigables oiseaux n'atterrissent jamais. Simon sort son reflex. Alors que l'appareil éclipse le verre des aquariums dans les lueurs bleutées, et qu'il me capture entre deux univers, éparpillée en d'autres formes, je redécouvre sa moue pleine de désir.

– T'es belle.

Les méduses-boussoles en travers de mon visage s'amoncellent et se tissent, s'effilochent. Je ne souris pas à l'objectif, je souris à Simon. Haroun lit en détail les cartels consacrés aux cnidaires, qui sourdent en négatif dans l'obscurité. Nous discutons tous les trois du surnom poétique que les Japonais leur donnent, « les orties de mer », et l'océan, dans ce qu'il dévoile de plus fantasque et d'accessible, nous échappe soudain, nous renvoie à la terre. Je me rappelle les fossiles d'oursins et d'inocérames pétrifiés dans les grottes de Naours. Simon prépare le terrain : il me sédimente sous l'argent et les encres, et peut-être qu'un jour, quand la banquise aura fondu et que les vagues auront submergé les côtes, on me retrouvera figée tout au fond de l'eau.

Nous admirons les voltigeurs et leurs nageoires aussi translucides qu'un papier de soie. Les murènes lucifuges, au corps de serpent et à la peau de léopard, finissent par nous rire à la figure d'une timide ondulation. Un mérou rase la vitre, énorme et boursouflé, sans se soucier de l'appréciation des visiteurs. Beaucoup de gens prétendent que les poissons ne sont pas intelligents, mais peu savent réellement les observer. Je me demande s'ils ont des préoccupations dans leur cube dépourvu de prédateurs, s'ils nous regardent et s'ils me trouvent belle aussi, ou monstrueuse.

Haroun se prend d'affection pour un syngnathe aiguille, sorte d'hippocampe déroulé qui aspire du plancton. Le poisson-barbier a les couleurs d'un crocus qui ploie sous le vent. Je comprends de moins en moins la vie marine à mesure que je l'étudie, comment elle jaillit et se perpétue en des bancs de nuages protéiformes qui, d'un coup, se dilatent et se rapetissent selon l'angle de vue.

Simon s'assied sur les marches d'une pièce octogonale au milieu de laquelle trône un gigantesque aquarium, taillé comme un diamant. Des thons nagent paisiblement à l'intérieur. Il n'y a personne, sauf nous trois. Haroun enroule un bras autour de son épaule, et je l'imite. Une profonde quiétude règne. Simon renifle bruyamment. Quelques larmes discrètes perlent sous ses cils. Nous ne bougeons pas, guirlande de cabossés devant cette perfection de la nature.

– Je suis désolé…

Il pousse un soupir découragé et ajoute :

– J'ai envie de came…

– Ce n'est pas anormal, tempère Haroun. La guérison n'est pas linéaire.

Il dépose un baiser sur son front. Sa barbe noir de jais tranche avec les cheveux blond polaire de Simon.

– Y a un truc sale en moi, un truc que l'héroïne lave pas.

– C'est la rechute qui te fait croire ça, prononcé-je à mi-voix.

Malgré mes efforts pour garder une contenance, mon inquiétude transparaît, et je culpabilise. J'aimerais être plus rassurante.

– Non, t'étais pas encore née…

– De quoi ?

Simon me jette un regard abattu, presque brisé. Il est aussi blafard et fantomatique que ses clichés.

– Je crois qu'il m'est arrivé quelque chose…

Mon cœur rate un battement. Qu'est-ce que je peux répondre ? « Je te l'avais dit » ? Inimaginable. Ses paroles me frappent d'impuissance. J'ai envie de pleurer. Ce n'est pas juste.

Haroun ne laisse pas le silence s'installer.

– Ça ne change rien pour moi, pour nous. On traversera ça ensemble.

J'acquiesce, tranquillisée par un fulgurant sentiment de gratitude : j'ai deux hommes merveilleux dans ma vie. On se serre tous les trois la main, bercés par les reflets chatoyants de l'eau sur l'escalier. Simon s'essuie les joues d'un revers de manche.

– Merci… C'était plus facile de me dire que je me déglinguais moi-même, vous voyez ? Là, c'est différent. Je porte la honte de quelqu'un d'autre…

Il se relève, l'air soudain décidé et ragaillardi.

– Mais je compte bien m'en débarrasser.

Sa résilience m'inspire. Je pense à la perspective d'affronter Silas.

– Chaque jour, tu m'épates, tu sais ça ? déclaré-je, émue. Tu me donnes confiance en l'avenir.

Simon nous fixe, Haroun et moi, puis esquisse un sourire qui ensoleille son visage. C'est ce sourire-là que j'adore, spontané et franc, un arc qui l'illumine au milieu d'un monde en extinction.

– Vous aussi.

À travers les facettes du verre, les thons disparaissent, réduits à un mince trait d'écailles contre la culasse. Ils réapparaissent ensuite, entiers et lancéolés, tantôt plats tantôt épais. On avance, et je vois les coraux fluorescents, les chirurgiens bleus et jaunes, les platax et le requin-zèbre. On contemple un instant la nage gracile d'un lion de mer, sirène moustachue sous la surface d'une glace carrelée. Plus tard, je me réfugie dans les bras de Simon lorsque l'image projetée d'un grand blanc surgit du mur. La raie manta et la raie aigle ocellée m'évoquent dans leur vol indolent des ptérodactyles bien gras, en digestion constante. Les nuées de sardines, étourneaux argentés, mouchettent le bassin qui irradie d'un bleu de piscine radioactif.

On essaie d'apercevoir la pieuvre géante du Pacifique. D'habitude, elle ne se présente qu'en un lierre de ventouses – ce qui a tendance à frustrer les curieux. On espère voir sa tête, enfin sa tête… son manteau. Et c'est ce qui arrive. Le céphalopode ondoie sur les galets, ses tentacules aussi sinueux que des rubans de gymnastique. Chacun paraît avoir sa volonté propre.

Sa peau est une écorce d'orange, puis elle se marbre, s'éclaircit et s'assombrit dans des variations de couleurs insoupçonnées. La texture change, se lisse, et j'imagine le contact soyeux, l'onctuosité puissante et caoutchouteuse des succions. Quel goût aurais-je ? Est-ce que l'animal m'apprécierait ou au contraire, me prendrait-il en grippe ?

La pieuvre se propulse à reculons. Elle se gonfle à mesure que ses bras s'éploient contre la vitre. Simon dessoude ses yeux du reflex, et il ne la regarde pas, non, je crois que c'est plutôt elle qui le regarde. Sa pupille forme un rayon d'obsidienne au sein d'un globe d'or. Elle l'observe rembobiner la pellicule, avec une expression évaluatrice. Lorsqu'il en engage une nouvelle et réarme le boîtier, elle éclot en une corolle de tentacules. Simon me lance une œillade aussi autoritaire que complice, le genre qui signifie *je te veux dans le cadre.*

Je fais non de la tête et empoigne la sangle de son appareil.

– Laisse-moi te prendre en photo, cette fois.

Simon se crispe. Ses traits émaciés, si délicats dans la pénombre, me semblent dotés d'une légère phosphorescence. Il est pris au dépourvu.

– Laisse-moi faire.

Il finit par accepter et se plante devant l'aquarium, au centre des tentacules dont l'envergure avoisine les deux ou trois mètres au moins. La pieuvre pâlit, douce d'un blanc de lait. Haroun se place derrière moi. J'effectue quelques réglages au niveau de la bague de diaphragme.

– Hé ! Nique pas mes paramétrages, s'te plaît !

Je souris à travers mon étrange longue-vue. Simon reste droit comme un piquet. Il ne sait pas poser quand quelqu'un le photographie. Il y a plusieurs années, j'avais aussi ce blocage. Je galérais déjà à m'approprier mon corps, alors l'espace…

Malgré son air grave, Simon dégage une certaine sérénité. J'appuie sur le déclencheur. Il faut faire preuve d'efficacité et de rapidité au cas où la pieuvre s'enfuirait. Une passante interrompt sa déambulation.

– Vous voulez que je vous prenne en photo tous les trois ?

Simon me coule un regard réprobateur : c'est son matériel après tout. Je décide de l'ignorer et confie l'appareil à la dame. Haroun et moi allons devant le bassin. Simon est entre nous ; il ouvre ses bras pour nous enlacer.

Notre apprentie photographe accumule les maladresses, manifestement déconcertée de retourner à l'argentique. Elle tient le reflex de travers, fait mine de se concentrer sur le viseur, mais ne ferme pas le bon œil. Elle shoote deux ou trois fois avant de nous abandonner.

Simon récupère son appareil et maugrée :

– Je suis sûr que les photos seront claquées au sol… Vous avez vu comment elle le manipulait !

– Peut-être pas, rétorque Haroun.

Derrière nous, la pieuvre repart se lover dans son abri, au coin d'un bocage de kelps.

Engloutir

And I will hide you inside of me
With every breath in harmony
I wanna be your skin
I wanna be your covering

The Bravery – *I Am Your Skin*

Je retrouve Marcia dans un café de la Grand-Place. Au-dehors, les pavés se couvrent de neige artificielle tandis que la roue de Noël clignote au nez des trois Grâces de la Voix du Nord : l'Artois, la Flandre et le Hainaut. Le village boréal a pris ses quartiers de fête, et les arbres scintillent d'une nacre féerique.

Marcia porte le matcha latte à ses lèvres. Elle se penche vers moi et m'examine de ses yeux céruléens, rehaussés d'un trait de liner.

– T'as un look de ouf, meuf !

Je la remercie et lui retourne le compliment. Je revois Lysandre tracer un sablier dans les airs et friser la syncope, pétri d'orgueil : *Ma nana, c'est un putain de canon.* Il n'a jamais été aussi proche de la réalité. Marcia débarque d'on ne sait où. Sa façon de jauger ses interlocuteurs, ce quelque chose de givré en travers du regard, m'évoque l'aplomb de Lauren Bacall. Elle ne le fait même pas exprès. Sa blouse en organza, aux manches bouffantes et à la kyrielle de volants roses, lui donne des allures de princesse bohème. Ses boucles dorées, qui me paraissent encore plus longues qu'à l'accoutumée, s'échappent d'un chignon banane. Le contraste entre nous s'est accentué depuis que j'ai rasé mon crâne. Pour casser le côté austère de la coupe, j'ai teint mes cheveux en vert fluo et en bleu ardoise. J'ai déchiré mon T-shirt Bratmobile pour créer un décolleté latéral. L'élastique du collant résille dépasse de mon jean taille haute, et ma paire de creepers me permet de frôler le mètre soixante-dix.

– Le procès a été merdique, regrette-t-elle en remuant sa boisson. Rien que de voir mon frère dans le box des accusés, ça m'a foutu le bourdon. J'ai dû écouter les saloperies que son avocat a débitées pendant une semaine : « Rémi Bliznic est un homme fragile, hanté par le suicide ses parents… »

Elle a mimé les guillemets avec ses doigts d'un air rageur.

– C'étaient mes parents aussi ! Ma mère est morte d'une overdose de paracétamol, et mon père l'a pas supporté. Il s'est pendu au ventilo du living quelques jours après. C'est moi qui ai appelé les pompiers. Je m'en souviendrai toute ma vie…

– Tu avais quel âge ?

– Douze ans. Rémi est beaucoup plus vieux que moi… Il était plus à la maison depuis longtemps…

Elle enchaîne sur son adoption qui, à l'époque, semblait annoncer une union fraternelle prometteuse, un renouveau familial. C'était compter sans la drôle de carrière de Rémi, faite de go fast aux Pays-Bas et de petits deals miteux. Au fil du temps, et parce que les flics ne l'ont jamais interpellé, il a grimpé dans l'organigramme et a diversifié ses activités en ouvrant des salons de massage en Belgique. L'inceste a débuté à ce moment-là, travesti en jeu à l'occasion de « soirées pyjama ». Rémi maîtrisait l'escalade des demandes et avait même instauré un système de récompenses. Marcia a vite trouvé shooteuse à sa veine. Ça la rendait docile. Elle aimait son frère et n'a plus juré que par lui, malgré le dégoût qu'il lui inspirait. Il lui a fallu une décennie pour s'affranchir de son emprise. Sa première grossesse a été le déclic. Elle n'a pas cherché à découvrir l'identité du père, redoutant une annonce qu'elle n'aurait pas pu accepter. Quelques années plus tard, Lysandre a déclaré l'enfant comme étant le sien.

– Il a été condamné, j'espère !

– Ouais… Viol incestueux et proxénétisme aggravé… J'étais pas la seule gamine, Sissi. Et je te passe le trafic de stupéfiants, le blanchiment d'argent. Il avait une chaîne de kebabs à Lille pour faire écran.

On dirait qu'elle vient de me présenter le scénario d'un thriller américain. Je me recroqueville sur ma chaise et sens ma bouche s'affaisser en un rictus désabusé. Simon réduit souvent Marcia à sa condition de toxicomane. Il ne l'apprécie pas beaucoup. Il a oublié qu'elle est faite du même bois que nous. Une survivante.

Marcia entoure de ses phalanges le gobelet fumant. Un sourire coupable lui creuse les joues, en décalage avec la vivacité de son regard.

– J'ai obtenu justice, et rien s'est amélioré. Le plus éprouvant, ça a été la préparation du dossier. Tu répètes ton histoire à tout-va, dans tous les sens, à tout le monde. J'ai encaissé. Ma psy avait raison : raconter n'est pas revivre.

Ces dernières paroles résonnent douloureusement en moi. Elle reprend :

– J'ai pas beaucoup d'amies, tu sais… toi, tu es toujours restée.

– C'est normal, Marcia.

Elle aspire une gorgée du matcha et soupire :

– Je dois me concentrer sur mon avenir, maintenant. Enfin, si j'en ai un.

– Ne dis pas ça, rétorqué-je, outrée. Tu as fait ce qu'il fallait pour toi et pour tes filles.

Elle se tient le visage entre les mains et essaie d'articuler. Je ne la laisse pas me couper. Je conclus d'un ton que j'espérais motivant, mais qui sonne plutôt autoritaire :

– Écris-le, ton bouquin. Inscris-toi au chômage, tu t'en fous. Écris.

Son sourire devient confiant.

– Justement, je voulais te parler d'un truc.

– Quoi ?

Elle me décrit son projet professionnel avec une précision exemplaire, forte de dix ans d'entretiens avec des travailleurs sociaux. Marcia souhaiterait étudier les lettres modernes. Elle doit d'abord décrocher l'équivalence du bac pour entrer à la fac. Je lui transmets les coordonnées du secrétariat du DAEU[1] en lui assurant qu'elle pourra s'inscrire au prochain semestre. Sa face se raccorde à la saison, radieuse comme une vitrine de magasin.

– Je suis pas trop vieille pour reprendre des études ?

Elle pointe une table du menton, où une bande d'étudiants pianote sur des MacBook.

– Simon avait ton âge quand il était en licence.

– Il a jamais eu besoin de faire des études d'art, lui. Il a de l'or dans les mains.

– Sa mère ne l'a pas encouragé. Elle lui rabâchait qu'il n'était pas réaliste et qu'elle aurait préféré qu'il exerce un « vrai métier ». L'université, c'était le compromis, un gage de son sérieux. Ils n'ont pas réussi à renouer.

– C'est là qu'il a entretenu une liaison avec Lysandre, non ?

Sa voix ne traduit aucun ressentiment.

– Ouais, je suis au courant, poursuit-elle. L'ex de Ly était un Ukrainien qui vendait de la came sur Dream Market : un blond frêle comme ton mec. J'ai tout de suite capté quand il m'a parlé de Simon. C'est son genre. Même moi, tu m'as regardée deux secondes ?

– Tu lui en veux ?

– Pas vraiment. On était dans une mauvaise passe et je l'avais foutu à la porte. Je sais qu'il m'aime.

1. Diplôme d'accès aux études universitaires.

Il soutient sa famille. Je l'ai rencontré quand j'étais à Tournai. On s'est tirés vers le haut. J'espère que c'est toujours le cas.

En sortant du café, j'invite Marcia à la grande roue. J'adore les attractions foraines et les éclairages, promesses merveilleuses que l'hiver renouvelle. D'ailleurs, Simon va bientôt se coltiner le traditionnel tour de chenille devant l'opéra. La nacelle vogue au milieu du frimas et nous emporte au sommet des toits. À mesure que nous rasons les nuages, la ville se mue en une maquette où les Lillois, réduits à l'état de santons, se refusent au culte de l'immobilité. La course se fige, nous laissant suspendues aux ombres violines de la nuit. On est tout en haut, comme dans les films. Les rues gorgées de lumière entaillent la chair opaque des bâtisses. Le marché de Noël, minuscule village scandinave, apparaît sous une toile bleue d'orbitèle. C'est une association d'idées qu'Haroun ferait. Quand il n'est pas là, je croise des araignées partout.

– T'as pas l'impression qu'on domine le monde comme ça, Sissi ?

– Je préfèrerais le changer, l'engloutir sous l'amour.

Elle dévoile une rangée de dents parfaitement alignées, et nous nous enlaçons.

– T'es ma petite sœur, toi : celle que j'ai pas eue. Tu me comprends.

Une fois redescendues sur terre, aux alentours de 20 heures, nous naviguons entre les émanations de tartiflette et de vin chaud pour rejoindre nos hommes de novembre : Haroun est du 9, Simon du 24, et Lysandre du 30, ce qui leur fait respectivement quarante-cinq, trente-sept et vingt-neuf ans. Notre soirée a lieu dans une salle privative de karaoké. La décoration y est tout en strass et en paillettes, aux influences disco. Une boule à facettes tournoie au plafond, et des projecteurs inondent les banquettes d'une liqueur de rubis. Je fais la bise à Lysandre. Simon arbore un teint frais et lumineux, et des yeux de chat, au khôl filant. Ses ongles luisent d'un rouge laqué. Sans perdre une minute, Marcia empoigne l'un des micros et entonne *Man! I Feel Like a Woman!* de Shania Twain.

– *Let's go, girls...*

Le groupe s'enrobe de mélodies sulfureuses et grisantes. *Don't Stop Me Now*, lancé par Lysandre, nous électrise en une chorale euphorique. Je danse en étau dans les bras d'Haroun et de Simon. Ma raideur les fait rire : je suis loin d'avoir le rythme dans la peau.

Après quelques verres de tequila, il est plus aisé de gesticuler et de s'ouvrir aux débordements. Les gars proposent une interprétation ridicule de *Trois nuits par semaine*. Plus tard, Lysandre et Marcia nous livrent un spectacle cathartique sur *Le Chemin* de Kyo, relatant l'implosion d'un couple qui s'adore autant qu'il se déteste. Simon et moi faisons preuve de plus de légèreté avec *Sous le vent*. Lysandre s'incruste, et son imitation de Garou, qui fait plus penser à Renaud sous Lysopaïne, nous terrasse de rire. J'azimute Marcia et Haroun en plein conciliabule, saucissonnés sur la banquette, et me demande de quoi ils discutent. Simon embraye sur *Barbie Girl* d'Aqua.

Je pars aux toilettes. Le sol tangue et ramollit. En faisant mon affaire, je me connecte à ma banque. Il me reste à peine cinquante euros. Je sors de la cabine en titubant et profite de l'eau du lavabo pour me rafraîchir. Lysandre se matérialise à ma gauche. Il doit venir des urinoirs. Ses bouclettes blondes se nouent en un catogan ébouriffé, et ses grosses lunettes rondes glissent sur son nez retroussé. Il jette un œil à mon étrange décolleté, puis s'examine dans le miroir avant de se savonner les mains. Je lui décoche un sourire bourré et ânonne :

– Tu sais, que tu couches avec Simon, ce n'était pas un problème…

– Quoi ?

– Cuisiner ses premiers fix, en revanche… Il est adulte, OK, il est capable de faire ses propres choix, mais sa vie aurait été moins compliquée si tu n'avais pas été là.

Ses iris bleu horizon s'assombrissent. Je m'approche de lui.

– Me touche pas…

Un éclair de lucidité me contraint à reculer. Un douloureux hoquet secoue ma poitrine.

– Tu recommences ? Tu te piques ?

Lysandre, l'air penaud, se gratte le pli du coude.

– T'as jamais été fan de moi, j'ai bien compris. T'inquiète pas pour ça. Je te demande juste de pas cafter à Simon…

Je suis à deux doigts d'exploser.

– Je n'ai aucun intérêt à le faire ! Putain, des mois à fanfaronner sous méthadone pour ça ? Et Marcia ? Tu lui as refoutu cette merde sous le nez ?

– Elle se fait des extras à côté du Sub, tu sais…

– Et tes filles, tu penses à elles ? Ton job ?

Il fronce les sourcils, la bouche pincée par l'exaspération.

– J'ai pas de comptes à te rendre. C'est pas toi qui finances le chômedu, que je sache. Tu te crois supérieure, alors que t'es aussi niquée de la tête que moi.

Ses mots me font l'effet d'une pluie glaciale. Je pourrais lui en coller une, faire une scène, interrompre la fête. Quelque chose en moi se résigne néanmoins, quelque chose qui me murmure qu'il n'a pas tout à fait tort.

Nous réintégrons tant bien que mal la salle de karaoké. Haroun remarque mon ébriété et ma soudaine colère, mais ne pose aucune question. Le final, une reprise de *Wonderwall* par Simon, dissipe l'allégresse et nous soutire de timides sanglots. Vers 22 heures, Marcia et Lysandre prennent congé de nous. Je les regarde louvoyer en direction du métro, saouls et à bonne distance l'un de l'autre. L'héroïne les réunira, elle le fait toujours. Ma mauvaise humeur flétrit instantanément au contact des deux hommes qui me ramènent à l'appartement.

À la vue de notre réfrigérateur vide, Haroun décide de filer au snack libanais. Il ajoute qu'il fera sans doute un crochet chez son dealeur d'herbe. La perspective de fumer un joint avant de dormir me ravit.

Le maquillage de Simon a bavé sur ses joues. J'essuie les traînées de khôl à l'aide d'un coton. Il s'est percé les oreilles : deux cabochons de labradorite s'irisent à la lumière des ampoules. Ça lui va bien. Son sourire aux dents jaunies s'élargit à mesure que je m'invite sous son T-shirt. Je finis par le lui ôter et le rhabille de baisers précieux. Il frémit. Sa peau, laiteuse et marbrée de veines tels des reflets de pierre fine, me rappelle la pieuvre de l'aquarium. Il enfouit ses mains dans mon décolleté latéral.

Alors que sa langue s'apprête à suppléer ses doigts, je le saisis par le poignet et l'entraîne vers la chambre. Simon me suit et s'étend sur le lit, par-dessus la couette en bataille. Les halos ocres de la rue éclairent la pièce. J'enlève le bas, manque de craquer mon collant dans la précipitation – un geste anodin, animal, qui me fait accéder à une essentielle nudité et me révèle un mythe inédit : celui de la femme qui engloutit.

Je bascule sur lui et le déshabille. Accolés, presque en position fœtale, nous prenons corps, nous prenons le corps de l'autre. Simon dévale la plaine de mon pubis, et je songe à *Cadavres en fleurs*, aux bourgeons de pavots duveteux qui pendent vers le ciel, et s'ils commencent à se fendre, à s'attendrir, si les sépales meurent, la chair rougie s'éploie, et j'apparais enfin.

Il me ceinture les flancs. Je clos les paupières et l'enveloppe comme un fourreau d'eau chaude. La tension de son sexe me déroule de l'intérieur, de plus en plus profondément. Je me referme sur lui. Il est circlus. Il ondule du bassin, me soutient les fesses, et ses va-et-vient instillent alternativement un manque et un soulagement. Je me désintègre en une multitude de vagues, puis me remodèle tout entière autour de lui. Je suis sa forme, et lui la mienne.

– Ça va ?

Je ne réponds pas. Un rai de lumière lui balafre le visage. Il se cambre en arrière, la tête quasi renversée, et ses grommellements servent mon accélération. Il se met à suffoquer dans ses glaires. Je l'éjecte et lui apporte un mouchoir. Il expectore dedans, puis dompte sa respiration.

Il me retourne et m'ouvre les jambes pour les placer de part et d'autre de ses épaules. Il maugrée un allemand qui m'échappe, mais m'excite. Je lui impose le rythme. On rit à cause de nos ventres qui semblent flatuler lorsqu'ils s'entrechoquent, et puis on s'embrasse très fort. Au bout d'un moment, Simon émet un gargouillis et se retire à toute hâte. Il éjacule, hors d'haleine et yeux mi-clos, et m'observe avec apaisement. Mon nombril n'est plus qu'une mare d'écume.

Il recommence à tousser, et dans une accalmie, continue de me travailler jusqu'à ce que les larmes me bouffissent. Il les connaît, mes larmes, et ce sont les bonnes. Mon corps se rétracte, se convulse, et je rends l'âme. On reste allongés, comme des arbres abattus. Simon a des nids d'oiseaux dans les cheveux.

Après avoir recouvré nos esprits, nous regagnons le salon. Haroun est rentré. Il regarde la télé et a dressé la table basse : houmous, fattouche et falafels garnissent une vaisselle impeccable, qu'on n'a jamais utilisée jusqu'à présent. Simon lui donne un bécot avant de s'installer sur le canapé. On mange et on picole, en liesse, sur le point de refaire le monde une énième fois. Je ne peux pas m'empêcher de sourire.

Au bord du monde

This girl is a gun, before you know it, it's done
And you'll be wishin' that you crossed your fingers
Oh, but God, is it fun when you can have more than one
So let me show you how to touch my trigger

Halsey – *Girl Is a Gun*

Marcia et moi profitons d'un week-end à Berck, entre filles. Ma famille est toujours enchantée de la recevoir, surtout quand elle vient avec Lou et Maxine, ses enfants. Selon mon père, leur présence apporte de la joie dans la maison. Depuis mon départ, la solitude lui pèse, et c'est ce qui a conduit mon grand-père, désormais veuf, à emménager chez lui.

– Trop cool de la part de Daniel de garder mes petites puces, ce soir ! Lou était tellement contente de décorer son sapin de Noël…

– Et attends, il y aura des chocolats à accrocher.

Marcia grimace, rieuse.

– Elle va tout bouffer en scred.

– Je faisais ça aussi.

Elle jette un œil autour d'elle, sourit au barman qui a insisté pour lui offrir ses spritz, puis confesse :

– Des fois, je me dis que je devrais quitter Lysandre. Il m'a caché qu'il avait rompu son alternance à l'amiable, et je te parle même pas de la meumeu. J'ai découvert sa réserve… Y a de quoi faire overdoser tout le quartier, entre ça et la métha.

– La question est : pourquoi il a rechuté ?

– Apparemment, il aurait recroisé sa daronne… Elle bosse à Lidl et aurait arrêté le crack.

– C'est quoi le rapport ? C'est super, non ?

Marcia prend un air solennel.

– Elle l'a pas reconnu.

Je hausse les sourcils, ce qui l'incite à poursuivre :

– Il a grandi dans les foyers de la Ddass. Sa mère venait défoncée aux visites médiatisées. Elle a jamais réussi à obtenir une levée de placement. À dix-huit ans, il est retourné dans la rue et a refréquenté le cercle qui lui était familier. C'est Rémi qui lui fournissait de la came.

Je tombe des nues ; j'ignorais cette histoire.

– Vous vous êtes connus grâce à ton frère ?

Elle hoche la tête au ralenti, comme en pleine rétrospective intérieure.

– Il s'est battu pour moi, Sissi. Je culpabilise. Ça serait dégueulasse de le quitter à cause de la meumeu, de sa mère ou de son enfoiré de patron qui comptait pas l'embaucher en CDI.

Elle soupire avec lassitude.

– Et il m'a peut-être surprise en train de galocher un de ses potes.

– Tu l'as trompé ?

Marcia me dévisage, étonnée de ne pas recevoir une réprimande. Ses épaules s'affaissent. Elle pose un coude sur la table et prononce à mi-voix :

– Presque.

– Tu l'aimes encore ?

– Oui.

Elle n'a pas hésité une seconde.

– Tu ne vas pas apprécier ce que je vais te dire…

Je bois cul sec le fond de mon whisky. La traînée de feu qu'il laisse dans ma gorge me revigore.

– Lysandre et moi, on ne s'est jamais entendus, mais je le comprends. Si j'avais su tout ça, j'aurais peut-être été moins dure avec lui. Il a besoin de toi, Marcia.

– L'amour, ça suffit pas à maintenir un couple… J'ai peur qu'il m'entraîne avec lui. J'arrive à me dépatouiller de la coke, pas de la meumeu. En plus, j'ai trouvé une astuce pour gérer mes entorses au Subutex. Je mélange ma dose journalière avec un peu de poudre. Sa cachette dans la VMC, c'est la porte ouverte à toutes les tentations… On va partir en couille, et je dois penser à mes filles.

– Vos filles, rectifié-je.

– On en reparlera quand tu seras maman, éructe-t-elle.

Je ne me vexe pas et commande de nouveau au bar. Le sujet de la maternité me paraît casse-gueule.

Difficile de prodiguer des conseils avisés. Lorsque je reviens, Marcia s'est détendue.

– En tout cas, merci pour ce séjour. Il fallait que je m'éloigne un peu.

– Pas de quoi.

On passe à autre chose, et je lui raconte que Simon a rénové mon atelier. Il a même installé une robinetterie, ce qui m'évitera les allers-retours incessants à la kitchenette. J'ai planché sur mes toiles et ai terminé le portrait d'Haroun. Je me suis remise à la sculpture, au modelage d'argile et de plâtre. J'aimerais me consacrer plus sérieusement à la soudure et à la métallurgie. J'ai fait mon apprentissage avec mon père, dans son entreprise de chaudronnerie. Ça ne devrait pas être difficile, mais la discipline requiert un local et du matériel adaptés.

L'excellente nouvelle, c'est que j'exposerai avec Simon à Amsterdam au début du mois de février. Pour l'occasion, nous avons conçu notre première œuvre en duo sous format vidéo. Elle a été pensée pour être psychédélique et immersive. J'ai hâte de la faire partager au public.

Marcia me félicite de tout cœur, et nous décidons de changer de bar, histoire d'aller danser avant de rentrer sagement. Des hommes fument dans la rue, en ronde sur le trottoir comme s'ils en détenaient le monopole. Ils jacassent et se gondolent. On longe le caniveau pour les contourner quand l'un d'eux nous siffle.

Marcia fait volte-face, le torse bombé, et va à la rencontre du harceleur. Ses joues ont rosi. Je la connais, et ça promet d'être un spectacle. Le mec se rabougrit. Il a perdu toute contenance.

– Puisque tu m'as sifflée comme une brave petite chienne, j'ai accouru, s'écrie-t-elle d'un ton affecté. Alors, je gagne quoi ?

Le gars bloque, interdit, les yeux comme des soucoupes. J'échange des regards moqueurs avec ses compagnons de beuverie. Marcia n'en a pas encore fini avec lui. Elle lui arrache sa pinte de bière, en avale une grosse goulée et la repose sur le couvercle d'une poubelle derrière elle.

– Franchement merci… Fallait pas ! C'est quoi, ton snap ?

Je perçois une lueur d'espoir sur le visage du type, mais elle enchaîne :

– Teubé du 62 ?

Ses potes poussent des « Oh ! » railleurs. Le mec bouillonne sur place. Sa clope s'est éteinte, et des cendres se dispersent sur son anorak. La clameur redouble, sûrement pour le mener au clash.

– Ben, t'as perdu ta langue ?

Il bondit sur Marcia tel un roquet à la gueule puante, offensé qu'une femme puisse piétiner ses platebandes. Elle recule, toujours aussi fière.

– T'es rien qu'une grosse pute !

Les têtes se retournent sur nous. D'autres fumeurs avancent afin d'assister à la scène. Elle essuie le postillon qui luit à la commissure de ses lèvres.

– C'est pas une insulte, ça, mon coco. Laisse les travailleurs du sexe tranquilles. T'as une meuf ?

Ça doit être une collègue alors, parce que personne voudrait te baiser gratuitement !

Les gars se tordent de rire, et leur hilarité est contagieuse. Marcia affiche un sourire triomphant. Le mec, n'écoutant que son courage, et dans une dernière tentative pour sauver son honneur, fonce sur elle en serrant les poings.

– Ah ouais ? Tu vas me frapper ? Pauvre merde !

– Nique ta mère ! Je te défonce, salope !

Il fléchit le bras vers elle, mais les rires se fanent aussi sec, et sa bande le traîne en arrière.

– Laisse tomber, mon reuf…

– Ouais, encore des féministes frustrées !

J'attrape Marcia par la main, et on détale : on court à toutes jambes en gloussant comme des hyènes survoltées. On manque de trébucher sur une plaque de verglas. J'ai chaud et ne crains plus la morsure du vent, sans doute à cause de l'alcool. Les pare-brise des voitures se gercent et décrivent des motifs de fougères givrées. J'observe la Manche, néant salin qui se confond avec un ciel de poix. Nous sommes au bord du monde, là où la vie commence et finit, au bout de la *map* des jeux vidéo.

– Tu veux casser du mâle, ce soir ? haleté-je, galvanisée.

– Il l'a mérité, non ?

Je secoue la tête.

– Je te parle de Silas.

Elle ouvre grand la bouche et trépigne, tout aussi grisée que moi.

– T'es sérieuse ?

– Ouais. Ce soir. Avec toi en *back up*.

– Carrément ! Mais faut pas le marraver. Tu t'expliques juste, et je pondrai deux ou trois répliques cinglantes pour le reclaquer.

Je lève le pouce en signe d'approbation. Je me sens invincible, auréolée d'une force sororale. D'après mes recherches, Silas n'a jamais déménagé. Il est resté dans l'appartement de ses vingt et un ans, à quelques centaines de mètres de l'esplanade.

On arrive rapidement à destination. Je scrute un instant les tours qui se dressent en forme de rouages. Les deux immeubles sont reliés par un préau où j'avais l'habitude de le retrouver après les cours. Je peignais des fresques sur les murs et dessinais des graffitis multicolores. Je suis la façade jusqu'à la fenêtre de Silas. Elle scintille d'une lumière bleutée et artificielle. Il doit regarder la télé. Je presse la lanière de ma besace et en explore le contenu. Je cherche un objet pour attirer l'attention. Je sors victorieusement mon vibromasseur et le brandis telle une épée vengeresse.

– Tu vas pas péter le carreau ?

– C'est du double vitrage, pas du sucre.

Je vise les croisillons et lance l'appareil qui s'écrase contre la vitre dans un bruit mat, sans écho. Il retombe en un seul morceau. Je le ramasse. Il est intact.

Une silhouette longiligne se profile, puis ouvre la fenêtre. L'éclat pisseux d'un lampadaire lui éclabousse la figure. C'est bien Silas. Il est vêtu d'un peignoir en flanelle.

– C'est quoi ce bordel ?

Il se penche sur le châssis pour mieux sonder les alentours. La nervosité s'empare de moi. Mon ventre se tord et ma salive a un goût de métal. Tant pis. Je ne ferai pas machine arrière.

– Sibylle ? C'est toi ?

– Joyeux Noël !

Il referme les battants d'un geste précipité. On attend quelques minutes qui me paraissent une éternité. Marcia pense qu'il ne descendra pas. Elle se goure : le voilà qui traverse la pelouse. Son pantalon de pyjama est mal replié dans ses rangers, et sa doudoune le grossit. Il débagoule sur l'impolitesse de mon retour, digne d'une vision d'outre-tombe.

– Meuf, ça va pas ? Tu débarques comme ça, de nulle part ! Ma femme et mon fils vont bientôt rentrer…

Je suis incapable de renchérir. Lui, marié et père d'un garçon ? C'est le monde à l'envers.

– En plus, c'est toi qui m'as ghosté il y a dix ans…

Marcia fulmine dans mon dos.

– C'est qui, elle ?

– Pas une de tes groupies, ça, c'est sûr, assène-t-elle. J'écoute pas de la merde, moi !

Je retiens un rire mesquin et crache :

– Ça se résume à ça pour toi ? Un putain de ghostage ?

Silas lève les paumes en l'air, confus. Ma respiration s'accélère.

– Le blockhaus ? La plage ? Les teufs secrètes ?

Il souffle, maintenant sur la défensive.

– Je t'avais dit que j'étais plus âgé !

– Et moi, je t'avais dit non !

– Meuf, tu m'as embrassé… T'étais à califourchon sur moi ! Et j'ai kiffé, ouais, j'en ai profité… T'étais hyper mignonne et tout, mais je t'ai dit que j'étais plus âgé, que j'avais des envies !

– Tu m'as jamais recalée, jamais… Et je t'ai répondu que j'étais pas prête… Tu t'es collé à moi jusqu'à ce que je cède !

– T'aurais pu partir.

– Tu m'as fait peur !

Je croise mon reflet dans une fenêtre du rez-de-chaussée. Mon visage n'est que plis amers, fiel refoulé. Marcia arrive à la hauteur de Silas. Elle le toise avec mépris et tranche :

– T'es un violeur.

Son ton est sans appel. Silas explose et se confond en protestations. Il débite une foultitude de questions, plus rhétoriques les unes que les autres, en quête d'une incohérence comme s'il menait un contre-interrogatoire.

– Alors, pourquoi tu acceptais mes demandes de rendez-vous ?

Je ne me laisse pas démonter.

– J'étais seule, je voulais une relation avec toi… J'espérais que ça s'arrange, que…

– Donc tu voulais ! argue-t-il.

Je sors de mes gonds et le bouscule violemment. Il chute sur les fesses, dans l'herbe gelée. Il glisse lorsqu'il essaie de se relever. Marcia s'esclaffe.

– Et quand j'étais inconsciente ?

Un silence de mort plane. Une vieille dame promène son yorkshire. Elle emprunte le chemin de dalles qui serpente dans le gazon, afin de se diriger vers nous.

– Vous voyez ce type-là ? lancé-je en pointant Silas du doigt.

Il abaisse aussitôt ma main et finit par se remettre debout. La mamie l'observe, interloquée.

– Il m'a violée !

Elle pousse une exclamation incrédule, qui s'achève dans un soupir scandalisé, puis fait demi-tour à la hâte.

– T'es malade, Sissi ! Tu m'agresses en bas de chez moi, et tu m'affiches devant les voisins ! Tout ça parce que tu vis dans le passé !

– Tu récoltes ce que t'as semé, tonitrue Marcia. Et t'as de la chance qu'elle ait pas porté plainte !

– Porté plainte ? Mais…

Silas verdit comme la mer avant un orage. Ses lèvres tremblent et s'entrouvrent sans émettre le moindre son.

– Reconnais juste ce que tu m'as fait, et tu pourras continuer à jouer au bon père de famille.

Marcia décèle l'ironie dans ma voix et se fend d'un rictus narquois.

– Ce que je t'ai fait ? Tu déconnes ? Tu fais des photos hyper glauques avec un toxico allemand, et je devrais m'excuser, car j'ai saisi une occase il y a dix piges ?

– Tu me stalkes ?

– Il commence à être connu, ton mec.

– C'est le pompon ! hurle Marcia. Depuis quand on te doit du sexe ? Et depuis quand les photos d'une femme, dénudée ou pas, te disculpent de l'avoir violée enfant ? Mec, explique ton cheminement de pensée ? T'as un cerveau de la taille de ton anus ou quoi ?

Silas est livide. J'ai l'impression que mon cœur m'a éclaté en plein visage, qu'il martèle mes tempes. Je suis aveuglée par la rage. Je n'obtiendrai aucun aveu. Je choisis pourtant de reculer.

– Viens, Marcia. On se casse.

– Putain, tu l'as pas affronté pour rien !

– Non, t'inquiète.

Je regarde Silas, qui s'est rapproché du hall d'entrée de son immeuble. Il a l'air à la fois furieux et désemparé.

– C'est pire que ce que j'imaginais, déclaré-je. J'étais persuadée que tu savais ce que tu avais fait et que tu m'avais manipulée… Mais tu n'as même pas conscience de tes actes et de leurs conséquences.

Il ne répond pas. Je lui tourne le dos et repars en direction de l'esplanade, talonnée de près par Marcia. J'entends le bip d'un badge, puis le cliquetis d'une porte qui s'ouvre et se referme. Prévisible.

– C'était un pétard mouillé, cette embrouille, déplore Marcia.

– Je ne suis pas d'accord avec toi.

– Ah bon ?

– Même s'il avait été un pervers invétéré, il n'aurait jamais admis m'avoir violée.

– Ben pourquoi on est venues ?

Je me sens soudain calme et légère, presque évanescente. Je repense aux paroles de Simon.

– Je l'ai fait pour me débarrasser de la honte. Elle ne m'a jamais appartenu.

On atteint la place de la Rose des Vents. Une lune gibbeuse s'extrait des nuages. La bise fouette nos cheveux, une bise glaciale et chargée d'embruns qui nous pousse vers les méandres de la ville. Pour la première fois depuis longtemps, l'hiver à Berck ne me déprime plus.

Araignées du soir

He believes in a beauty
He's Venus as a boy

Björk – *Venus as a Boy*

Amsterdam : son temps de merde, ses néons, ses cyclistes pressés. Et surtout, ses artistes en quête de défonce. Notre hôtel se situe en plein centre, à trois minutes du Quartier rouge. On dépose nos valises dans notre chambre, avec vue sur le Kloveniersburgwal. La déco est chic, genre boiseries et moulures contre de la tapisserie écrue. La Sibylle est euphorique, complètement timbrée, et l'animation des rues l'excite encore plus. Haroun l'enlace alors qu'elle se penche à la fenêtre pour contempler les façades étroites, à pignons ornementés. Moi, ce qui me botte, c'est le pieu. Il est assez large pour nous trois et, surtout, je suis rincé après les cinq heures de train qu'on vient de se taper. Je me vautre et appelle mon agent, afin de l'informer de mon arrivée. C'est notre première exposition en duo, et ça va déchirer.

Je piquerais bien une sieste, or l'ambiance incite pas des masses au farniente. On longe le canal, et je bâille comme une carpe devant les coffeeshops où pullulent des vacanciers en quête d'exotisme et de paradis artificiels. Sur le marché du Nieuwmarkt, rare espace ouvert de la capitale néerlandaise, on graille des sandwiches au hareng. Haroun est pas fan. Il en fallait pas plus à Sissi pour lui chourer sa portion. La dernière fortification médiévale de la ville se hérisse de tours octogonales et nous domine de sa superbe. On circule jusqu'à l'Oude Kerk, au cœur de De Wallen. L'architecture gothique de l'église enthousiasme la Sibylle.

Je décide de m'asseoir à la terrasse d'un café, sous un auvent, pendant qu'elle visite l'édifice. Une masse d'air humide me souffle à la gueule. La bruine persiste, et les nuages plats, genre traînée d'essence dans la flotte céleste, s'ouvrent en un splendide arc-en-ciel. Je serre la main d'Haroun. D'habitude, je m'affiche pas avec des mecs. Un facho m'a pété trois côtes y a six ou sept ans. J'ai toujours eu peur que ça se reproduise, mais là, ce que je ressens me chamboule plus qu'une potentielle admission à l'hosto. Et puis, on est à Amsterdam, quoi.

Nos doigts s'emmêlent. J'aime comment les siens sont épais et velus. Il me regarde en souriant comme après l'amour, c'est marrant. Je pourrais plus me passer de lui, et quand j'aperçois la Sibylle un quart d'heure plus tard, moulée dans sa petite robe léopard, je me dis que je suis un putain de coq en pâte.

Le soir tombe vite sur la Venise du Nord, ça me donne l'impression qu'on se balade depuis des plombes. Le soleil de pluviôse est pas terrible, terne comme une fiente sur le bitume, et bientôt de nouveaux astres s'alignent, autour desquels gravitent des satellites de fêtards et de voyeurs. Les bâtisses s'enflamment, ravagées par un rouge concupiscent. Je reluque les hôtesses en vitrine, silhouettes froides de fanfreluches qui somme toute m'indiffèrent. Le crépuscule hollandais ouvre ses chambres noires, et le pire : je peux pas mitrailler comme je veux. Les keufs grouillent, veillent au grain et au droit à l'image des prostituées. Haroun dissimule pas sa fascination teintée de malaise ; la Sibylle, quant à elle, s'émerveille de détails anodins.

À l'hôtel, je me douche et me prépare aux mondanités du vernissage. En friperie, j'ai dégoté un costume solaro. La trame colorée qui parcourt le tissu réfléchit la lumière. Effet irisé garanti. J'ai transformé le pantalon en jupe. Trop confort. J'enfile un pull col roulé par-dessus lequel je serre un harnais en cuir noir – sans oublier la veste du costume. Je lace mes Dr Martens compensées. Place au ravalement. J'unifie mon teint et abuse de l'enlumineur sur les zones bombées de mon visage. Je parais tout de suite d'une corpulence acceptable. L'amas de paillettes me fait briller comme une bande réfléchissante sur un gilet jaune. Je dessine un trait d'eye-liner et complète le tableau avec des boucles d'oreilles asymétriques.

La Sibylle est hyper sexy. Elle arbore une robe crayon à encolure montante, mais le tulle vert fluo laisse transparaître son justaucorps en dessous. Elle a collé des épingles à nourrice de différentes tailles sur l'entièreté de son crâne. Quel putain de style !

Le vernissage a lieu à 19 heures, c'est mieux d'être présent avant les invités. On embrasse Haroun, qui tarit pas d'éloges sur notre apparence, et on fonce à la galerie. Il nous retrouvera là-bas. Stijn, le galeriste qui expose régulièrement mes photos, a été l'un des premiers à me soutenir. C'est un Amstellodamois de souche, conçu, né et élevé dans le Quartier rouge avant son développement et son renouveau urbain. Ancien tox, il a connu les dégâts de l'héroïne et les premiers sidéens ; les canaux sales et l'insalubrité ; l'exode des classes moyennes et les réunions anarchistes. Il a toujours adoré son entrelacs de ruelles, à mi-chemin entre la culture populaire et la marginalité assumée. Il kiffe moins les projets de gentrification comme si les maisons closes et la tolérance des riverains relevaient d'un problème de criminalité. Les travailleurs du sexe gagnent leur croûte, c'est tout. Stijn supporte plus les touristes qui fantasment le sordide des pavés, les fast-foods qui défigurent le paysage et les boutiques kitsch où cartes postales, dés à coudre et magnets côtoient des godemichés, mais il les préfère aux entrepreneurs qui s'emparent des vitrines. Stijn et moi possédons le talent de l'indignation. Dans une trentaine d'années, je serai sûrement comme lui : militant plus enragé qu'engagé.

Le vieux briscard nous accueille tout sourire, ses lunettes à monture écaillée reflétant les culots des projecteurs. On discute en anglais. Je sais pas pourquoi, mon accent vire à l'allemand bougonné. Je lui cause méthadone, Amsterdam, nouveaux projets. Il me félicite pour la qualité de mon travail et mon évolution en tant qu'artiste. Je hausse les épaules. Mon agent, étriqué dans un smoking atroce, surgit de nulle part et me claque une bise avant d'ajouter que je suis trop modeste. Les envois acharnés de mon portfolio ont fini par payer. Mon calendrier des deux prochaines années s'est étoffé : Berlin et Hanovre, retour à Amsterdam, Rencontres d'Arles en France, puis Athènes. *Oh, là, là, Simone goes international!*

On fait le tour de l'exposition. Les Dibonds accrochés à la cimaise contrastent avec le rose vibrant des murs. Les noirs profonds du papier baryté chatoient à la lumière, et les blancs, aussi immaculés que le permet le bruit, scintillent encore sur mes paupières. J'ai bûché sur mes cartels, excepté ceux dédiés à mes autoportraits. J'ai seulement indiqué le titre. J'examine *Palimpsestes*, une surimpression fantomatique de plusieurs clichés, pris à différentes périodes de ma vie. À seize ans, j'étais déjà un sac d'os aux orbites ébahis. Qu'est-ce que j'allais écrire ? que je peux pas dissocier ma pratique photographique de mes expériences, que l'art me répare, me grandit, me rafistole même si, paradoxalement, j'apparais toujours déglingué, morcelé, informe ? Ouais, peut-être.

L'autre partie, dédiée aux œuvres de la Sibylle, contraste par une profusion de couleurs éclatantes : des portraits, des paysages, de l'abstrait. Tout est revisité, façon obsession aqueuse. L'eau grouille, envahissante et multifacette, même dans les effets de

3D qui niquent ma perception des tableaux et me scotchent.

Nos créations se rejoignent le long d'un couloir qui mène à une pièce vide, éclairée par la projection de notre vidéo. On a bien bossé sur notre projet, du 100 % analogique. On y voit Sissi qui évolue dans une distorsion de corps et de gouttelettes de lumière. Surimpressions, masques et autres trucages optiques sont de la partie. Les murs dégueulent un flou psychédélique, bigarré de nuances vertes. Y a une illusion de pluie à l'intérieur de la galerie. Pour l'ambiance sonore, on a collaboré avec un musicien que j'ai connu lorsque je fréquentais les jeunesses communistes. Son délire, c'est le ska punk, mais il nous a composé quelque chose d'incroyable avec des bruits d'eau et la réverbération de sa guitare.

Les invités arrivent au compte-gouttes. Stijn se charge de les recevoir ; moi, je pige pas grand-chose à part que ça se veut cool et sélect. Mon agent me glisse à l'oreille qu'il attend un collectionneur privé, prêt à flamber du fric. Une journaliste me tient la jambe sur « mon univers » : comment j'ai débuté, ma première image, pourquoi, etc. On peut remplacer « image » par « fix » que ça serait pareil.

La Sibylle est beaucoup plus à l'aise que moi. Elle parle à tout le monde avec une éloquence chaleureuse. Haroun débarque enfin à la galerie, et elle lui prend affectueusement la main.

Je termine mon entrevue, salue quelques clients fidèles et me plante devant mes deux amours, qui observent une mosaïque où des corps se disloquent

– y a les nôtres en pleine action, boules de chair empêtrées tels des ectoplasmes. L'ensemble évoque une partouze spectrale, compulsion indigeste de souvenirs qui se télescopent.

Sissi intercepte un plateau de coupes de champagne. On trinque à notre exposition – *Déchirures*, qu'elle s'intitule. J'ai remarqué que l'alcool accélère la métabolisation de la méthadone et provoque des débuts de manque. Impossible de me bourrer la gueule comme avant. Faut que j'y aille mollo, parce que, sinon, ça me gâchera le séjour. Être sous TSO, ça implique des ajustements constants. La sexualité est pas épargnée. Le matin, avant de boire ma dose, je suis surexcité comme jamais, mais je dure pas, j'éjacule en deux-deux, en mode précoce et sans orgasme. C'est une galère, mais je regrette pas d'avoir décroché de la came.

Haroun flâne et s'étonne d'apparaître en filigrane, par-ci par-là. Pourtant, il a signé une autorisation de diffusion.

– Qu'est-ce que je suis beau !

Sissi ricane, puis s'entretient avec une femme aux cheveux ébouriffés, couleur eau de vaisselle sale, et à la tronche toute burinée. Ses cernes ressemblent à des coquards, accentués par un fard à paupières mal estompé. Avec sa robe noir et blanc, on dirait la version féminine de Beetlejuice. J'espère pour elle que son styliste est en taule.

Je lis les textes que j'ai pondus : ma démarche artistique paraît intellectuelle et maîtrisée. Je suis soit un génie soit un névrosé, car je me rends compte de la cohérence du schmilblick qu'après avoir pris les photos.

Beaucoup de gens, en particulier les néophytes, croient que l'argentique s'exempte de retouches, que c'est *the* méthode de création alliant technique et authenticité. Je suis pas d'accord : je retravaille les impressions, accentue ou atténue les contrastes, et bidouille pas mal les contretypes afin d'intégrer des collages, des superpositions ou des dessins. C'est la suture, le point insaisissable qui se referme jamais.

Une deuxième journaliste me demande si je considère mes photographies comme pornographiques, voire autopornographiques. Le champagne m'embrume l'esprit, donc je me mets à disserter. Je brise la distance avec les modèles, parce que c'est des partenaires sexuels ou des personnes que je fréquente. En soi, je capture pas des portraits, plutôt des relations, des bribes d'instantanés. Je fixe la spontanéité, l'inscris telle que je l'ai perçue – souvent maladivement. C'est pas obscène, mais si quelqu'un bande dessus, ça en dit plus sur lui que sur mon travail.

Elle rebondit sur la Sibylle, notre union et ce qu'elle m'inspire. À ça, je me dérobe et lui conseille de l'interviewer, elle. J'en suis à ma quatrième flûte de champagne, ça va plus du tout. Haroun jase avec le stagiaire de Stijn, et je m'avachis sur le fauteuil de l'espace presse, puisque c'est là-bas qu'ils servent les plateaux de macarons.

Mon agent arrête pas : il est en mode animateur de téléshopping et m'encense comme si je révolutionnais son business. Il insiste sur un prix que j'ai remporté, mon talent, etc. Ça taille le bout de gras et récite de jolis discours. Je siffle les rafraîchissements et me cale aux chiottes pour envoyer des messages vocaux à Lysandre. Je lui raconte la soirée et mon envie de me coucher, mais pas avant d'avoir fait la bringue et photographié le Quartier rouge.

Quand je reviens à l'expo, la foule s'est dissipée. Stijn et mon agent prononcent l'adjectif barbare qui me gonfle et contribue à la fois à ma sérénité : *rendabel*, rentable, *money-making*. Je prends congé, me confondant en excuses multilingues pour pas que ça sonne caprice de diva. J'en ai juste ras la casquette. De toute façon, le vernissage s'achève. Ils s'agacent pas, ils ont cerné l'oiseau. Haroun m'apporte mon manteau. Sissi nous attend déjà sur le porche, vêtue d'un long blazer molletonné. Elle sort mon reflex de sa besace et, en pro de la télépathie, me l'enroule autour du cou. Je la remercie d'un baiser, et puis ses yeux sombres se mettent à pétiller lorsqu'elle nous entraîne, Haroun et moi, à l'extérieur de la galerie. Au milieu des rues bondées, je me demande ce que c'est d'avoir la vie devant soi. Mon avenir est là en tout cas, hors des murs, au bout de mes doigts. Il porte une barbe aussi bien qu'une robe.

Rhizostome

I used to be a little boy
So old in my shoes
And what I choose is my voice
What's a boy supposed to do ?

The Smashing Pumpkins – *Disarm*

Nos neiges éternelles sont noires, c'est ce que je me dis en regardant le terril d'Auchel. Le corbillard transporte ma mère jusqu'au cimetière communal, où ses parents et la terre de schiste veilleront sur elle. La BPCO et l'emphysème l'ont emportée dans son sommeil. Au moins, elle a pas souffert. Il paraît que c'est une belle mort, raccord à notre nom : les Beaumort. J'ai en moi ce qui l'a tuée. La spirométrie est pas bonne. Mes capacités respiratoires se sont affaiblies. Je dois passer une IRM, mais le pneumologue estime que j'en suis au stade 2. La Sibylle a bazardé tout ce qui était susceptible de m'essouffler :

bougies parfumées, papier d'Arménie, diffuseur d'huiles essentielles… Je dégaine le bronchodilatateur avant le moindre effort et tiens bon. Six mois de méthadone et d'ajustements posologiques ont même redressé la traditionnelle gaule du matin. Je vais pas si mal, non ?

22 germinal, merveilleux jour pour une inhumation. L'air printanier, chargé de pollen, dissipe les soupirs des jonquilles. Sissi a acheté une composition florale : clochettes cireuses des jacinthes garnissent les hampes rigides des tulipes qui, de loin, ressemblent à des gouttes de sang coagulées. Ça m'a remué en dedans, ce détail, qu'elle se rappelle ma mère et sa passion des tulipes noires.

Le convoi funéraire s'arrête ; les fossoyeurs ont ouvert le caveau familial. Sur le marbre, on lit en lettres d'or :

GASTON BEAUMORT
1928 – 1965
ANGELIKA BEAUMORT NÉE RADMACHER
1929 – 2007

Il en a bavé, mon grand-père. Engagé dans l'armée à dix-huit ans, il est déployé en Rhénanie-Palatinat pour participer à la dénazification, puis le manque de volontaires en Indochine le parachute malgré lui sur les rives du Sông Hồng. Ma grand-mère a toujours dit que ça l'avait rendu cinglé, et que c'était une sale guerre, une guerre de l'oubli. L'État avait mobilisé que les militaires. Les Français se préoccupaient plutôt du prix du pain ou du bordel de la IVe République. Ces soldats de carrière, ils pouvaient tous crever : c'était leur métier, non, d'être de la chair à canon ? Le retour à la vie civile a conduit mon grand-père à la mine, et surtout au bistrot de la mine, au goulot d'une bouteille de pinard qui se vidait jamais. Là aussi, les poumons ont vasouillé : peut-être la BPCO et l'emphysème ?

Charlène sanglote derrière un mouchoir en tissu. Je salue la tenue de son mascara waterproof. Ma sœur, c'est moi en poule pondeuse : une grande blonde aux yeux d'épicéa. Ses grossesses l'ont remplumée juste ce qu'y faut pour entrer dans du 38. Notre géniteur, un crétin qui avait honte de copuler avec une fille à peine majeure, nous a pas reconnus. Avoir une maîtresse, ça avait déjà semé la zizanie dans son mariage, alors des bâtards de jumeaux...

Mon oncle Herbert me lance des regards en coin comme s'il s'attendait à ce que je foute la merde ou je sais pas quoi. Il a méchamment vieilli. Des tranchées dignes de Verdun lui lardent la gueule, ce qui aggrave son air bourru. Le look pourrait pas être complet sans un béret en tweed, dissimulant une magnifique piste d'atterrissage pour mouches. Herbert, c'est l'anomalie de la famille. On est tous blonds, à la limite blonds vénitiens, avec des yeux verts, et lui, il est brun aux yeux noisette. Il a fait l'affront de se pointer aux obsèques de la marâtre, alors qu'elle lui parlait plus depuis au moins vingt-cinq ans. J'ai jamais été proche de lui. Je le croisais de temps en temps au café. On se mettait à discuter, plus par politesse qu'autre chose. Y avait un sentiment partagé de gêne, une absence totale de fluidité dans les échanges, et je me crispais au point de paraître constipé – ce que j'ai toujours été à cause des opiacés, mais c'est pas le sujet. Il vit en Allemagne maintenant, pas loin des frontières française et suisse. Charlène a emménagé à Bâle. Je suppose qu'ils ont renoué le contact et qu'elle l'a invité.

La laideur du rideau de douche me réexplose en pleine tronche. Je frissonne et mes muscles se contractent. Je me mords les joues. C'est le même goût de détresse que sous le lavabo, une amertume qui fout la gerbe si violemment que j'ai l'impression de quitter mon corps et de regarder l'enterrement à distance. Mes pensées partent en couille. Je disjoncte. Je me revois en consultation à l'école d'ostéopathie. Ma douleur à la face se calme pas. L'étudiante me malaxe les ligaments, « le siège de la tension », qu'elle dit, et j'ai juste envie de crever, car je sens ses doigts gantés dans ma bouche. Je change d'époque et me retrouve un dimanche soir aux Biscottes, à l'heure du bain. Je croque le savon, dégomme toute la bouteille de shampoing. Ma mère appelle le centre antipoison. Elle est terrorisée, parce qu'en plus, j'ai bu de l'eau, donc je mousse. J'ai beau vomir, je continue de m'étouffer.

Je reviens à moi. Les lambeaux de peau collent entre mes dents, d'une texture soyeuse, style ruban de Téflon, et je les avale, les sens descendre le long de ma tuyauterie. La Sibylle repère mon oncle. Comment elle le fixe, putain, on dirait qu'elle va le zigouiller. Il détourne direct le regard et fait mine de se concentrer sur le curé. Je suis persuadé qu'il m'a fait un truc glauque à la *New York Unité Spéciale*, excepté qu'Olivia Benson m'a pas sauvé. Ça expliquerait les douleurs au pénis et l'alcoolisme pendant mon adolescence, puis les conduites addictives… J'en ai parlé à la psy du CSAPA. Forcément, elle s'est engouffrée dans la brèche en mode spéléologue.

Je mâchonne un chewing-gum à l'anis, ça me canalise. Le prêtre récite des psaumes sous les bâillements étouffés de notre comité. Y a plus que Charlène, son mari plein aux as, mes trois neveux, Herbert le pervers, Sissi et moi. On dépose les gerbes de fleurs et replace les plaques mortuaires. Je profite du mouvement pour m'éclipser. Parvenu au robinet du cimetière, je me rends utile et remplis un arrosoir. Le niveau finit de monter : je dégueule mes tripes et mes boyaux au-dessus des grilles d'évacuation. Je rince comme je peux le micmac de viennoiseries à demi dissoutes. Ça se dilue mal dans l'eau saumâtre. Je me relève en larmes, l'œsophage brûlé, et les religieux en chasuble ont l'air de filtres à café géants. La déception m'envahit : c'était mon dernier Airwaves.

J'ai une allure à peu près potable lorsque je retourne à la pierre tombale. Ma sœur m'enlace. Ses énormes nibards se plaquent contre mes côtes. Le vide qui m'écrase le sternum se comble d'un parfum terreux et balsamique. Je galère à respirer. Aucun rapport avec le décès de la marâtre ou la maladie : c'est ce putain de rideau de douche qui tombe pas et adhère à ma rétine. La fragrance de Charlène se mêle à une odeur de canalisations bouchées. Je romps notre étreinte.

– Tu sens ça ? L'œuf pourri, les égouts ?

Elle répond par la négative et m'observe avec inquiétude.

Ses hochements de tête successifs suffisent à congédier la *Familie*. Elle prétexte une minute de recueillement en privé, insistant sur le lien ineffable de notre gémellité. Je capte bien que par se recueillir, elle insinue s'entretenir. Sissi me vole un bécot et m'informe qu'elle rejoint Haroun, qui poireaute sur le parking. Mon oncle me broie les phalanges en guise d'au revoir.

La voix claire et perlée de Charlène me tire des réminiscences brumeuses. Elle me cause héritage, renonciation et tout le pataquès juridique. La dépouille de notre *Mutter* se refroidit à peine qu'elle me saoule déjà avec le testament.

Un troisième nom a été gravé sur la stèle. Les caractères scriptes scellent ce que j'avais nié, rejeté et enfoui au funérarium : Frieda est morte. Je regrette d'avoir été un fils aussi revêche. Moi qui me vante de communiquer avec la Sibylle et Haroun dans notre relation polyamoureuse, j'ai même pas été foutu de dire à ma propre mère que je l'aimais ou, au moins, de l'appeler Maman.

Charlène continue de monologuer sur la paperasse. Elle a l'intention de me céder sa part, ce qui ferait de moi l'unique propriétaire de la baraque. Sa condition : que je la rénove et m'y installe. Pas de location.

– Ça vous servira de point d'ancrage à Sibylle et à toi… Elle t'a soutenu à des moments où je ne pouvais pas t'aider. Elle est de la famille. Moi, j'ai une situation. Markus paiera les frais de notaire, ne t'inquiète pas.

Elle vit aux crochets de son mari pété de thunes, c'est pas *une situation*.

– T'es sûre ?

Elle fronce les sourcils, vexée.

– Et toi, t'es con ou quoi ?

Je me fends d'un sourire insolent.

– Markus ferait vraiment ça pour moi ?

– C'est mon idée, mais oui.

– T'as dû bien l'embrouiller, *Schwesterherz* !

On éclate d'un rire timide, un poil triste. On se serre de nouveau dans les bras. Elle me détaille son quotidien à Bâle, comment Markus est un super époux qui turbine et fait la vaisselle, tout le tintouin – un mec normal, quoi. Je lui touche un mot sur mon trouple et mes projets photographiques. Charlène pose pas de questions sur Haroun. Elle a jamais voulu être indiscrète et parfois ça donne l'impression qu'elle s'en fout.

– Ce qui m'importe, Simon, c'est ton bonheur… sous la forme que tu jugeras la plus appropriée.

– T'es adorable, merci.

Ses yeux semblent se désorbiter de leur écrin pailleté.

– On se voit moins depuis mon mariage. Viens en Suisse cet été, ça me ferait plaisir.

Je m'emmure dans un silence méditatif, quasi sépulcral. Ouais, c'est tentant. Ma sœur me manque, notre complicité surtout, le temps passé à nous émerveiller de n'importe quoi. Quand on était gosses, Frieda en retrouvait toujours un dans le lit de l'autre : rien de chelou, on se sentait juste raccordés. À la puberté, on est restés proches, mais dépourvus de toute curiosité fusionnelle. Charlène a quitté le domicile familial en seconde. Je l'ai pas supporté. Je suis devenu hargneux. Ma santé mentale s'est dégradée. Y a cinq ans, lorsqu'elle m'a annoncé être enceinte pour la première fois, je me suis investi à fond dans mon rôle de futur tonton. Je paniquais, je me disais qu'il fallait pas que ça se termine comme Frieda et Herbert. Quand Aurel est né, j'ai pas pu le toucher. J'ai eu peur de mes mains d'homme sur son corps minuscule. J'ai rendu de moins en moins visite à ma sœur, jusqu'à plus venir du tout après l'arrivée de mes deux autres neveux, Kai et Emil.

La frangine a du mal à me lâcher, sur le parking. Je bredouille des au revoir, et puis elle embraye à chaque fois sur de nouveaux sujets de conversation, les typiques *ah oui, je ne t'ai pas raconté…* Sissi porte le petit Emil dans ses bras. Je le sais, on fondera une famille un jour.

Je me cale à l'arrière de la Peugeot. Direction la Côte d'Opale. Sur la route, je commence à m'assoupir. La Sibylle pose sa candidature à des expositions pour l'année prochaine. Y a moyen, franchement. Le réseautage aux Pays-Bas a été concluant, puisqu'elle s'est dégoté un agent. On a bien vendu aussi. Je me sens vaseux, à l'écart des réjouissances de la vie réelle. Les paroles se muent en visions confuses qui me mènent non pas aux rêves, mais sur le sentier obscur de mon enfance.

Charlène pleure, vautrée au milieu de la cour de l'école. Elle s'est pris les pieds dans les lacets de ses bottines. Sa jupe est froissée et son collant, sur lequel figurent des chatons, s'effiloche. J'enserre ses poignets et la soulève de toutes mes forces. Elle clopine. Je joue au bonhomme et la porte jusque sous le préau, dans une alcôve de marelles crayeuses où les instits pourront pas nous voir. Là, assis par terre, je comprime son corps frêle contre le mien. Les larmes continuent de lui empourprer la face. Elle est persuadée que Maman la punira. C'est une fringue qui a coûté cher. J'examine le trou : du sang suinte de son genou éraflé. Je la regarde, elle me regarde, et sans réfléchir, je suce goulûment la plaie. Je lèche sa peau et la blanchis sous une épaisse salivation.

– T'es soignée maintenant.

– Maman dit qu'on doit pas faire ça. C'est caca pasque si quéqu'un est malade, on va être malades aussi…

– Mais toi et moi, on est tout comme pareils, non ?

Elle sourit du bout de ses dents de lait, les joues encore luisantes. Ses boucles sont si claires, presque translucides dans la pénombre. Octavie apparaît, hideuse et disproportionnée au coin du mur, puis l'appartement d'Herbert. Y a ce rideau qui s'abaisse, se superpose au monstre, et toujours ce relent de pourriture, une douleur à l'intérieur, l'impression d'avoir trahi Charlène, d'être différent d'elle désormais. Sali.

Je me réveille en sursaut. Mon slip est humide… putain, la honte… Je vérifie mon entrejambe. Ça va : aucune auréole de pisse.

On arrive chez le père de la Sibylle. Je le remercie de m'épargner la bondieuserie et l'étalage de ses condoléances. Il me torgnole le dos avec un sourire bizarre, genre *t'inquiète, mon tchiot*. Je me change et revêts des habits propres, plus joyeux. Haroun endosse un polo qui lui donne une de ces dégaines d'estivant. Sissi, de son côté, opte pour une robe baby doll – elle lui sied mieux que le jais tubulaire des funérailles.

C'est le week-end des Cerfs-Volants. L'esplanade se diapre de fanions multicolores. Les chapiteaux pointus, en mâchoire de squale, dévoilent leurs stands de friandises et de créations artisanales. L'ambiance festive me fait du bien. L'air salin, plus frais que celui de l'Artois, pique et coule le long de ma gorge à la manière d'une margarita. Je photographie Sissi devant le carrousel. Daniel m'a montré un Kodak d'elle à trois ou quatre ans sur ce manège. J'ai dans l'idée de réaliser une surimpression à la *Palimpsestes*. Je sais plus quelle autrice a écrit qu'un adulte créatif est un gosse qui a survécu. La Sibylle sautille sous le ciel constellé de poulpes et de cétacés : c'est sûr, elle a pas à angoisser pour son enfant intérieur. Haroun achète des cacahuètes grillées. On poursuit notre balade en se goinfrant. On admire un ballet de deltas, dont la chorégraphie aérienne consiste à former divers polygones.

Je crève de soif à cause des sucreries. Sissi nous emmène dans un boui-boui sombre et bien prolo, à l'écart des rues touristiques. Les clients ont l'air de gros branleurs au RSA, comme moi, ou d'étudiants en burn-out militant. On commande des cocktails à un prix dérisoire. La carte ferait passer Lille pour une ville de rupins.

La marâtre fréquentait pas ce genre d'endroits. Elle se tenait loin des gens à l'opinion trop prononcée.

En ce sens, j'ai toujours eu le sentiment qu'elle me considérait avec un mélange de honte et de fierté. Gamin, je rédigeais des pétitions pour plus de sieste à l'école et dessinais des affiches afin que les voisins oublient pas de nourrir les mésanges. Un souvenir me frappe. J'escalade le toboggan du jardin. Je demande à ma mère quel métier elle me verrait exercer plus tard, parce que j'hésite entre explorateur, styliste ou rock-star. *Tu devrais devenir homme politique*, qu'elle suggère en me réceptionnant en bas de la glissière. – *Chuis qu'un enfant, Maman, je serai jamais un homme peau-qui-pique...* Elle me recoiffe. – *Non, toi, t'es Simon. Juste Simon.*

Ma mère est morte, putain.

Mes yeux s'embuent. Je renifle comme un clebs malade. La Sibylle et Haroun me cajolent sans dire un mot. Je me ressaisis. La chaleur de leurs étreintes m'enveloppe. J'ai plus envie de chialer. Ma vie – son organisation, s'entend – est pas chamboulée, n'empêche que je me liquéfie en une bouillie d'images remâchées et que c'est désagréable.

Après avoir retrouvé forme humaine, je me dirige vers le comptoir pour commander un mojito. Je lorgne quelques gars en mode *pas vu pas pris*, et j'en reviens pas... C'est le festival aux réapparitions ou quoi ? Silas Salembier a posé son gros derche, là, devant moi. Il se tortille en sirotant une bière, la gueule vissée sur un écran d'iPhone. Je vais finir par croire que la Sibylle nous invite uniquement dans les bars où il avait l'habitude de la saouler.

Le fumier lève la tête vers moi. Son allure est plus sage qu'à Halloween, sans doute parce qu'il a plus son iroquoise. Ses cheveux châtains repoussent de manière harmonieuse. Sa tenue a plus rien d'extravagant même s'il porte un T-shirt floqué du symbole anarchiste. Je soutiens son regard.

– Je sais qui t'es, qu'il ânonne.

– Moi aussi.

J'aspire une gorgée d'alcool. Je brûle, putain. Ça crame si fort et si vite à l'intérieur de moi que j'ai l'impression de m'évaporer.

– Sibylle est avec toi ?

Il ratisse le bar d'un œil prudent. De là où on est, il peut pas la voir.

– C'est pas le moment. Dégage.

– Je veux pas d'embrouilles, juste lui parler.

– Et pour lui dire quoi ?

Sa bouche ressemble à un trou béant, cerclé de poils – une belle tronche de cul. De prime abord, et malgré ses yeux d'un noir profond, il a pas l'air méchant. Le pire, c'est qu'il est le genre de mec que j'ai fréquenté ado : artiste pas à la hauteur de ses ambitions, qui se veut révolutionnaire, voire anticonformiste, mais a jamais rien déconstruit.

– Tu dois penser que je suis un connard.

Il insiste, putain. Il reste assis sur le tabouret, qui le surélève un peu, et même comme ça, je le surplombe d'une tête au moins. La violence m'a jamais branché. Elle m'a tenté, ça, c'est vrai. J'ai beau être en colère, j'ai pas envie de lui faire du mal. Je finis par marteler :

– C'est. Pas. Le. Moment.

Je me retourne vers le fond de la salle, mais Silas m'attrape l'avant-bras d'un geste que je trouve rapide, et surtout désespéré.

– Faut qu'elle sache que je suis désolé !

On se regarde en chiens de faïence un instant.

– Je vais voir, que je cède.

– Merci, mec.

Je tends la main comme pour le repousser et lui décoche :

– Ferme-la. Tu devrais être en taule.

J'informe la Sibylle de la vision spectrale qui l'attend au comptoir. Je précise que le fumier a l'intention de faire amende honorable. Elle est pas en mode cataclysme interne, au contraire. Elle soupire, à la fois surprise et agacée, puis déclare :

– C'est trop tard.

– Que de la gueule, ce type, de toute façon.

Elle me sourit et se ravise. Je sais qu'elle lui pardonnera pas. Elle va l'écouter pour mieux lui foutre le nez dans sa merde. *Reprendre le contrôle*, comme elle dit. Je me demande si c'est une bonne idée. J'ai la trouille qu'elle dissocie, et ça me foutrait la haine si ça arrivait.

Une dizaine de minutes s'écoulent. Haroun et moi, on reste à notre table, en haleine, comme en attente d'un verdict. La Sibylle nous fait signe de la rejoindre. Elle a pleuré, mais affiche maintenant un calme olympien. Silas est parti.

– Ça va ?

Elle répond pas. On quitte le bar pour descendre la digue. Y a plus beaucoup de monde à cette heure-ci.

La plupart des cerfs-volistes ont rangé leur matos ou se sont octroyé une pause avant la nocturne. Le soleil dégouline sur la ligne d'horizon tandis que les nuages se déchirent en paillettes d'ocre et de bleu tendre. On contourne l'école de char à voile et un cordon de dunes tapissées d'oyats. On découvre alors les vestiges du mur de l'Atlantique. Les bunkers s'abîment dans le sable, éparpillés comme des jouets cassés. Quelques blocs dégringolés des hauteurs sculptent le relief lunaire. Je me cogne à un ferraillage. Sissi s'arrête devant le plus imposant des blockhaus. Le béton se bariole de graffitis écaillés. Sept lettres gigantesques ressortent noir sur blanc dans un cadre en ombre portée, sept lettres qui mangent la moitié de la fortification.

J'EXISTE.

Je crois saisir l'enjeu et la signification, même si c'est pas ici qu'il l'a violée. La Sibylle s'écroule contre la paroi. Je m'assieds auprès d'elle. Son visage pâle se détend au contact de mes doigts. Haroun m'imite et la serre contre ses épaules.

Le silence éclate. Elle se tape une énorme barre. C'est le rire fou et sans joie qui précède une délivrance. Après m'avoir chouré l'appareil photo, elle grimpe sur le blockhaus à partir de l'angle le plus enseveli, puis immortalise le paysage. La marée haute se retire, laissant dans un dernier reflux des bâches aux reflets de nickel.

– Tu veux que je te prenne au sommet du bunker ?

Elle lâche l'appareil dans le vide comme si c'était un vulgaire déchet. Je le récupère avec anxiété. *Auf geht's!*

Sa robe en mousseline rose, toute bouffante et vaporeuse, tranche avec le grège monolithique des ruines. Je centre le *J'EXISTE* et la Sibylle. Haroun sort du cadre. On dirait une Vénus jaillissant d'une conque débraillée, un truc qui a muté hors du temps. La luminosité est parfaite, sauf que j'ai ni trépied ni déclencheur. Adieu longue exposition et flou de mouvement. C'est que ça devait être comme ça, sans fioritures.

On longe la mer. Je respire bien ici. Les vagues nous lèchent les chevilles par intermittence, et on frissonne à chaque fois. Les larmes me pendent aux cils. J'ai enfin réussi à gérer mon impulsivité. Y a des mois de ça, j'aurais tapé un scandale, frappé Silas, et foutu le feu à ses cheveux. Ma mère avait coutume de consulter l'horoscope. *T'es Sagittaire ascendant Scorpion, tu comprends... Tu es fougueux et passionné.* Je lui répondais toujours que Charlène était le contraire de moi, une fille paisible et rationnelle. C'est vraiment débile de croire que les étoiles et la circonvolution des planètes nous définissent.

L'envie de braire s'intensifie, genre houle incontrôlable qui me noie de l'intérieur. Je vois flou et glisse sur une masse molle. J'ai failli me rétamer. Je m'essuie les paupières et observe le crachat au cœur bleuté, débris informe qui, à force de le regarder, m'évoque une coulée de verre.

– C'est une méduse échouée.

La Sibylle s'agenouille et empoigne le tas de gélatine qui file à moitié entre ses doigts.

– Petite, j'enterrais les méduses et les crustacés morts. C'est un rhizostome, tu vois – elle indique l'ombrelle dentelée d'un violet profond.

– Et tu les touches l'air de rien ? s'étonne Haroun. Tu fais ça dans les calanques, tu douilles.

– Les rhizostomes n'ont pas de tentacules, contrairement aux pélagies de la Méditerranée.

– Tu sais vraiment tout, toi, que je dis en continuant de pleurer.

Elle me caresse le dos et ajoute :

– On les surnomme aussi les poumons de mer.

Je reçois un coup de jus en pleine poitrine et chiale de plus belle. Ma mère haïssait ces bestioles qui lui pourrissaient les vacances à Sangatte. Si elle avait su…

La Sibylle et Haroun m'enlacent. On s'emmêle, accroupis pendant un moment, puis on retourne en ville. Je pense trop : le rideau de douche, Herbert, le rideau de douche, Herbert.

Je revois les tours de la Mort, le terrain de mon enfance, Lysandre qui transpire et claque des dents en trifouillant les interphones tagués à la bombe. *Hello la police.* Je pense trop, et je sais ce qu'y me faut. Demain, on rentre à Lille, et les méduses cesseront de flotter dans mon cerveau. Un peu de mer ouatée pour qu'elles reprennent le large. Une dernière fois.

Beaumort et bon vivant

And I don't know what to do
Now that pink has turned to blue

Hüsker Dü – *Pink Turns to Blue*

C'est la gueule de bois carabinée pour Sibylle et moi. 16 heures, et on émerge à peine. Elle frotte ses paupières chassieuses, puis m'enlace sur le canapé. Je sens l'alcool dans mon ventre, comme si une onde enflammée roulait jusqu'à ma gorge et menaçait de gicler hors de moi.

Simon franchit l'arche de la cuisine, plateau au creux des paumes, et nous apporte deux infusions à la menthe, du pain de mie ainsi que des pansements gastriques.

– Ça va vous faire du bien.

Il a retrouvé les cernes bleuâtres de l'automne, les mêmes qu'au début de notre relation, des sortes de coquards qui soulignent ses yeux injectés de sang.

– On s'est éclatés, raconte Sissi. DJ set de folie, ambiance électrique… Tu aurais dû venir !

– Je voulais continuer à trier.

On a investi la maison de Frieda depuis une semaine, histoire de faire le ménage par le vide et de conserver ce qui nous intéresse. Les zigotos fourmillent d'idées de rénovation : fresques murales et meubles restaurés créeront une atmosphère arty, fana de nature, qui leur correspond tant. Ils m'ont proposé de m'installer avec eux, et j'ai accepté. Ça se passe plutôt bien, mieux que ce que j'espérais. Hormis la trace de *rabla* à Halloween, Simon n'a jamais déconné avec la méthadone. Et surtout, il est évident que nous éprouvons tous de l'amour les uns pour les autres. Cet amour ne se mesure pas. Il se divise encore moins. Comme la maison comporte trois étages, chacun bénéficiera d'une « chambre à soi ». J'ai souvent besoin de me mettre en retrait et d'être seul pour travailler. Ce n'est pas plus mal.

Le soleil filtre à travers les volets ; ses rayons dorés baignent le salon d'une lumière invitante, qui me donne envie d'une balade. Simon, ébloui sous la serre de la véranda, charge le tambour de la machine à laver.

– Oubliez pas la petite sauterie chez Lysandre, il s'exclame.

Sissi et moi échangeons un regard ombrageux, réfractaire à la relance. Elle soupire :

– Tu y tiens vraiment ?

Simon regagne le salon et acquiesce vivement. Il a l'air décidé. Impossible de lui refuser cette soirée : il n'est pas sorti depuis l'enterrement de sa mère.

Je n'apprécie pas Lysandre, et je me méfie de Marcia. On a fait connaissance au karaoké. Bien que ça ait matché entre nous, un truc de fou, sa proposition de cocaïne a tout gâché. À mon expression déconfite et exaspérée, elle a compris qu'elle avait merdé. Autrefois, je n'aurais pas pu résister à une femme désireuse de partager sa *baïda*. Pour tout dire, j'étais à deux doigts de céder lorsque j'ai vu Sibylle surgir des toilettes. Elle tirait la même tête que moi et semblait pressée de distancer Lysandre. Ma main au feu qu'il avait replongé et qu'elle l'avait grillé. Elle m'avait fait confiance. Simon aussi. Je venais d'entrer dans leur vie. J'aimais la personne saine et placide que je devenais en leur présence. Si je suivais Marcia, j'étais persuadé que j'allais me transformer à nouveau en un ogre solitaire, indigne d'affection. Et quelque part, j'avais l'impression qu'elle minaudait, qu'accepter un rail équivalait à lui déclarer « ouais, tu me plais ». Ça avait quelque chose de morbide.

On se prépare et on attrape un bus, direction un bled où les tours HLM corsètent de grands bouleaux verruqueux. Un crachin tenace obscurcit le ciel tandis qu'on remonte le cul-de-sac menant à l'immeuble de Lysandre. Le blondinet nous ouvre, ses boucles filasses nouées en une crotte à l'élastique pailleté. Il adresse un sourire guindé à Simon, que j'interprète comme *ah, tu t'es pointé quand même.*

L'appart dégage l'odeur de son locataire, un air lourd de cannelle et de sueur qui s'intensifie à mesure qu'on pénètre le couloir. Le film anti-regards des fenêtres a jauni, ce qui accentue la pénombre mordorée du séjour. Les murs, à la tapisserie parcheminée, décrivent les contours d'un mobilier absent. Quelques plantes, dont un aloès rabougri, flanquent une table basse sur laquelle traînent des briques de jus, un cendar et de la pâte à modeler. La moquette bouloche et noircit par endroits. Les pièces me paraissent surdimensionnées dans leur nudité.

Je m'assieds sur le déplimousse. Sibylle s'installe en tailleur à mes pieds. Simon, debout derrière le dossier, enroule ses bras autour de ma poitrine. Je fais un brin de causette à Lysandre, plus par courtoisie que par curiosité. Sissi esquisse une moue chagrine lorsqu'il parle de ses problèmes avec le chômage et sa demande d'invalidité pour bipolarité. Vu l'état de l'appart, ouais, c'est sûr, il traverse une mauvaise passe. J'espère qu'il est bien suivi.

Marcia a la peau cireuse, criblée de chtars, et son sourire n'est plus qu'une mince fente entartrée. Malgré le laisser-aller, je ne peux nier la beauté de cette femme… une beauté fragile et vicieuse, à la froideur triste. Elle nous offre un verre de bière. Simon a du mal à tenir en place. Il se ronge les ongles et hyperventile comme un asthmatique.

Lou rapplique avec Maxine. La gamine, qui est le portrait craché de sa mère, nous conte ses rêves de chevaux et de dauphins. Je ne sais pas pourquoi je lui parle de ma petite sœur, Kaouthar. Elle pratique la médecine vétérinaire en milieu rural, à Allemagne-en-Provence.

– C'est dur, les études pour être vétérinaire ? Ma maîtresse, elle dit que je dois être bonne en maths.

Papa, il me fait peur en disant qu'au collège, bon c'est dans deux ans, le collège… mais il me fait peur, parce qu'il dit que, là-bas, les professeurs mélangent les chiffres avec les lettres… et lui, ça l'embrouille…

J'observe Lou et lui fais signe de reprendre sa respiration. Ça a l'air d'être une môme stressée, le genre qui en a gros sur la patate.

– Je ne suis pas conseiller d'orientation.

– Donc tu t'intéresses pas à ta sœur ? elle rétorque, les yeux brillants de défi.

Et bim, dans ma gueule.

– Pourquoi tu n'as pas d'animaux chez toi ? je lui demande. Tes parents ne sont pas d'accord ?

Elle se renfrogne et fusille sa mère d'un regard de reproche. La gosse a une phrase coincée en travers de la gorge. Pas quelque chose de mignon ou d'anodin, à mon avis. Je la suis jusqu'à la cuisine. L'évier déborde de casseroles sales. La plomberie, en véritable écheveau d'intestins, s'égoutte au-dessus d'une bassine. Lou sort une pizza du congélateur, un disque de vomi surgelé où la mimolette luit d'un éclat de plastique.

– Tu ne vas pas manger ce truc ? C'est du Tricatel !

– Tricatel ?

Je pousse un soupir. Elle déchire l'emballage et règle le programme du mini four. J'ouvre le réfrigérateur. Un pack de yaourts nature et un beurrier se battent en duel, cernés par des bouteilles de bière. À l'intérieur du bac à légumes, pas de légumes, rien que des snacks en date courte et un Tupperware moisi.

– Tu sais pourquoi on a pas de chien alors que j'en veux un ?

Je fais non de la tête. Le ton de Lou se durcit, clair et définitif :

– Mes parents, ils savent pas s'occuper d'eux-mêmes. Et moi, j'ai pas le temps, entre l'école et Max.

Cette fille a quoi ? Dix ans maximum ? Je dissimule mon malaise derrière une expression que j'imagine soucieuse.

– Et si on allait plutôt au resto en bas ?

Elle croise les bras et me toise dans une espèce de mise à distance farouche.

– T'es le nouvel amoureux de Simon, OK, sauf que je te connais pas.

À ces mots, elle enfourne la quatre-fromages et retourne au salon. Je réitère mon intention de dîner dehors. Sissi trouve que c'est une bonne idée. Marcia relève le menton et me regarde comme si j'étais le Messie. Elle saisit le sac à langer de Maxine. Lou ne renâcle plus, mais Lysandre et Simon refusent de se joindre à nous. Je ne cache pas ma défiance, Marcia non plus. Elle lance en faisant mine de les avoir à l'œil :

– Faites pas de conneries.

– Relax, bébé !

Ces paroles, loin de la rassurer, suffisent à l'exaspérer, et on s'en va.

Le resto ne désemplit pas, contrairement aux assiettes des filles. Lou a les joues rosies et barbouillées, fendues d'un sourire de béatitude. Pour la première fois de la soirée, c'est une enfant, et pas je ne sais quelle figure parentalisée qui s'exprime. Maxine, intriguée par le brouhaha, babille devant ses yaourts. Sibylle lui répond en affectant un ton gaga et suraigu.

On essuie les regards mielleux de quelques clients. Ça ravive ma nausée.

En 1998, à Miami, j'ai emmené Debra, mon ex, aux urgences pour ce qu'on pensait être une appendicite ou une occlusion intestinale. On est ressortis de là avec un bébé. *Five pounds eight ounces. A little boy*. On a beaucoup pleuré. Notre vie était fichue. Vingt-quatre ans tous les deux. Pas de fric. La facture de l'hôpital nous avait saignés à blanc. Notre couple s'est délité dans la sidération et le mutisme. Je ne ressentais aucune connexion avec mon fils. Alors, j'ai fait ce que je fais de mieux quand les choses se compliquent : je me suis barré. Je n'ai jamais su ce qu'ils étaient devenus tous les deux. Je suis aujourd'hui auprès d'une femme sublime et de mômes qui ne sont pas les nôtres, mais là, sur l'instant, leur présence m'importe. Elle a du sens.

On rentre à l'appart aux alentours de 21 heures. Marcia introduit sa clef dans la serrure de sûreté. Y a un silence anormal, haché de soupirs et de borborygmes. Une chape de ténèbres enveloppe le lieu qui, après m'y être acclimaté, m'évoque un filtre à cigarette usagé. C'est ça, un écrin de nicotine qui pue la trahison.

L'halogène du salon diffuse une clarté crépusculaire. Lysandre et Simon jonchent le sol de leur membrure trouée. À côté d'eux, le nécessaire de survie : seringues hypodermiques, garrot, Stericup, flacons PPI à moitié déballés, filtres, tampons d'alcool, sachets d'acide. Un petit tas de granulés, comme de la vergeoise tamisée, trône au milieu du foutoir : de la *rabla*.

Je repère direct les cailloux de coke qui scintillent d'un blanc neigeux… de la C, putain…

Je me fêle sur place.

Lou agrippe sa sœur, puis claque la porte de sa chambre. Sibylle pique une crise, bientôt rejointe par Marcia qui hurle sur son mec.

– Je savais que je pouvais pas te faire confiance !

Lysandre, ensuqué, émet un faible grognement.

– Simon !

Il contemple Sissi, heureux comme un pape. Je m'approche pour constater qu'il a dégueulé sur une feuille de papier journal, à côté d'une part de pizza cramée. Ses pupilles sont minuscules.

– Simon…

La voix de Sibylle se brise dans un sanglot.

– Shh… c'était un fix comme ça… je t'aime…

Lysandre roule sur le flanc.

– Vous étiez pas censés voir ça. Vous êtes revenus trop tôt.

Marcia le considère d'un œil torve.

– On est partis depuis deux heures, Ducon. C'est fini, t'entends ! C'est fini !

– Tu dis toujours ça.

Sissi étreint Marcia, qui passe de la fureur à la résignation en un éclair. Simon dodeline de la tête. Il se met à dissoudre la coke et, dans une autre cupule, verse l'acide ascorbique sur l'héroïne. Il ajoute l'eau stérile et chauffe le mélange à la flamme d'une bougie.

– C'est pas pour moi, il lâche.

Une question me brûle les lèvres.

– Tu nous as fait venir ici pour la came ?

– Je devais juste toper à la base.

Il pompe le liquide refroidi du *speedball* à travers le Sterifilt. Il noue le garrot autour du biceps de Lysandre et tapote à la recherche d'une veine.

– Pourquoi ? Pourquoi, Simon ? s'insurge Sissi.

– Je me rappelle enfin… et je veux oublier…

Il desserre le latex et plante l'aiguille. La précision chirurgicale de ses gestes m'hypnotise. Après la tirette, une nappe de sang inonde la seringue, fluide comme une remontée de lampe à lave. Simon appuie sur le piston ; Lysandre écarquille les yeux, bouche bée, extatique. Il n'a pas le temps de lui ôter le matos qu'il plane déjà. On dirait qu'il jouit, et c'est mieux que ça : il est en plein flash de coke. Sibylle, aussi fascinée que désemparée, recule de quelques pas. Simon jette le matos usagé dans un bidon de cinq litres.

– C'est la dernière fois, promis…

Et il clampine vers la cuisine, indifférent à la détresse ambiante. Il est ailleurs, comme dépersonnalisé. Marcia ressent le besoin de s'excuser.

– Tu n'y es pour rien, je murmure.

Difficile d'ignorer toute cette poudre… Je sens l'odeur fantôme d'un rail me traverser les sinus, puis descendre ma gorge. En sniffant, y a pas de flash. On a la tchatche, on se décoince dans un coup de chaud et une vigueur euphorique. Je pouvais taper des heures, des traces de plus en plus grosses, et ne pas être malade. L'environnement, les sons et les textures… tout devenait plus pénétrant, saturé d'un voile extralucide. Il ne faut pas gober ce que les films montrent, ces scènes où les types frétillent en sortant des chiottes pour mener une vie en accéléré, animés par une tornade d'énergie maniaque – même si, effectivement, le snif aux chiottes devient indispensable lorsqu'on atteint un certain niveau de dépendance.

– T'en veux ? propose Lysandre. Une petite trace en l'honneur de Simone ?

– Tu manques pas d'air ! beugle Marcia.

Il s'adresse maintenant à Sibylle :

– Toi, je suis sûr que ça t'accrocherait plus que la meumeu…

Sibylle fronce les sourcils, et sur les ridules de son front on pourrait presque lire *va te faire foutre.*

– On se casse d'ici, pauvre con !

Lysandre râle.

– Madame s'est toujours crue mieux que moi, de toute façon. Madame parle bien et sait tout, bien sûr ! Putain de vieille meuf, ouais ! Elle est pas dans les problèmes de la vraie vie…

J'indique les pochons de poudre d'un geste furibard.

– C'est ça, la vraie vie ?

– Tu vois ce que je veux dire, il esquive.

Il agite un miroir sous mon nez. Je sens cette veine horrible palpiter contre ma tempe, et le sang quitter mon visage. Je chope Lysandre par le colbac et le secoue. Le miroir éclate au sol. Mon poing se referme sur sa mâchoire, et je suis là, je souffle comme un bœuf, prêt à le cogner encore une fois.

– Haroun ! proteste Marcia. C'est mon mec, putain ! Arrête !

Lysandre se protège la face avec ses mains, en tremblant. Il ne réplique même pas. La honte m'envahit soudain, et je le relâche.

– Dégage de chez moi ! C'est mon mec !

Un cri strident nous interrompt. On se dévisage avant de courir vers la cuisine. Je retrouve Sibylle recroquevillée contre l'encadrure de porte. Des larmes la suffoquent tandis que son corps se raidit de convulsions. Elle jette des regards affolés à la masse inerte devant elle. Simon gît à plat ventre sur le lino, les lèvres cyanosées. Marcia le retourne ; il ne respire plus. Lysandre entre dans une colère noire.

– L'enfoiré est en train d'OD chez moi, putain !

Je me rue sur Simon. Y a encore un pouls. Je tente de le stimuler en lui écartant les paupières, en le giflant, en lui pinçant les tétons : rien, c'est un poids mort.

– Vous n'avez pas de la naloxone ?

Lysandre me fixe, noyé dans un abîme de perplexité.

– On a rien, panique Marcia. Rien ! Le Nyxoid est en rupture de stock à la pharmacie !

Elle appelle immédiatement le 15. Je bascule la tête de Simon et procède au bouche-à-bouche. Je remarque que Sissi n'est plus là, mais pas le temps de m'inquiéter. Lou débarque ; Marcia lui bloque le passage.

– Simon va mourir ? elle s'enquiert, des trémolos au fond du gosier.

– Retourne dans ta chambre, ma chérie. On a la situation sous contrôle.

– Il est tout bleu !

– Ça va aller, ma puce…

La gosse s'empourpre et repousse sa mère.

– Non, ça va pas aller ! Ça serait jamais arrivé si vous étiez pas des déglingués ! Tonton Si, lui, il voulait plus se piquer !

Déglingué… c'est le vocabulaire de Simon, ça. Elle s'enfuit en pleurant. Lysandre rugit :

– Qu'est-ce qu'elle vient de dire, là ?

Sibylle revient. Elle titube dans le vague et saute sur lui dans un mouvement bizarre, à la fois violent et catastrophé. Elle crie :

– Tu l'as tué ! Tu as tué Simon !

Elle essaie de le frapper, mais il pare le coup et lui fout une balayette. Elle chute. Il la relève par le T-shirt.

– Il s'est fait ça tout seul, bouffonne !

Je ne peux pas laisser Simon sans soutien respiratoire. Marcia le comprend bien. Elle bouscule Lysandre, qui perd l'équilibre et heurte le coin du plan de travail. Sissi, entraînée avec lui, se débat entre ses bras. Marcia l'aide à se dépêtrer.

– Tu bats pas une meuf sous mon toit, abruti !

Lysandre reste accroupi au sol, en état de choc. Un filet de sang coule de son arcade sourcilière, et ses lunettes sont de travers.

Simon toussote sous mes lèvres.

– Il respire !

Le gyrophare du Samu crève la vitre d'un bleu intense. Les filles descendent et reviennent quelques secondes plus tard avec les urgentistes. Ils sanglent Simon sur une civière et le mettent sous oxygène. Marcia dresse le topo de ses consommations – *rabla* et alcool, au moins. La médecin tire une gueule de six pieds de long et administre une injection de Narcan.

Les paupières de Simon papillotent, mais il s'évanouit à nouveau.

Sur le parking des HLM, j'azimute une bande de flics en uniforme. Ils me jaugent de leur air typiquement supérieur. Le commissariat est juste en face. Il vaut mieux ne pas attirer l'attention, surtout avec mon teint basané. Sissi a le droit de monter dans l'ambulance. Leur insistance me pénètre la peau comme les électrodes d'un taser. Alors je fais ce que j'ai toujours fait, ce qui m'a toujours réussi : je me barre.

Exister

Honey, you are the sea
Upon which I float

Coldplay – *Green Eyes*

Ça nous pendait au nez.

Je relis mon taux de bêta-HCG. J'actualise le fichier, zoome et dézoome les résultats d'analyses. J'intègre la conclusion : positif à la date du prélèvement.

Je suis enceinte de six semaines.

Simon comate à l'hôpital, branché à des machines. Il est sous perfusion de naloxone pour écarter tout risque de remorphinisation. Les opiacés évacueront bientôt son système, et il pourra rentrer à la maison.

Haroun me rejoint, les yeux rouges et cernés. Il a passé la nuit à m'attendre et à fumer de la beuh. Il s'assied sur le tabouret pliant, à côté de la baignoire. Son odeur ronde et suave de cannabis m'étourdit. Je pose mon téléphone au sol et plonge dans les bulles de savon.

Un baiser mouillé vibre sur mon front.

– Ça va aller…

J'ai mal d'avoir trop pleuré. Haroun me regarde ; il se promène sur mon corps. Je rabats un tas de mousse contre mes seins et me demande pourquoi je ressens le besoin de faire ça puisqu'il les connaît comme sa poche, et que tout bien réfléchi, Simon vit en partie de mes photos de nu.

– Je ne sais pas comment t'annoncer ça…

– De quoi ? Si s'en est sorti, non ?

– Mes règles ont du retard.

Je caresse son avant-bras d'une main apaisante. Il fixe un point dans le vague, s'apprête à dire quelque chose, mais se ravise.

– Je ne suis pas hors délai pour avorter.

– Ça ne peut pas être moi, objecte-t-il. On n'a jamais eu d'accident, nous deux.

– Mais Simon et moi, oui…

Son expression oscille entre impuissance et contrariété.

– Donc tu veux faire quoi ?

Un enfant.

J'ai du mal à l'envisager.

Simon a comblé mon ventre vide de femme. J'imagine nos cellules fusionner et se démultiplier telles les drupéoles d'une mûre. Un goût amer. Le fruit de l'amour.

– Je ne sais pas…

Je m'enfonce dans la baignoire. L'eau m'apaise. Elle trouble le silence et ouate les gargouillis de l'hésitation.

– Je vais acheter du papier à rouler. Tu as besoin d'un truc ?

J'aimerais déclarer « de toi », comme un défi.

– Non, merci, c'est gentil.

Il referme la porte sur son passage, et dans le calme embué, je sens ce fil qui nous relie, cette tension qui m'indique qu'il est encore là, de l'autre côté.

– Haroun ?

Mes pleurs se mêlent aux gouttelettes d'eau, à mes cheveux qui repoussent, ruisselants. *Ça va aller.*

Haroun est parti.

Je me rase à nouveau le crâne, puis enduis ma peau de baume à la rose. Les récents événements défilent en boucle dans ma tête et m'embrument à la manière d'une locomotive folle. Je ne sais plus quoi penser.

Est-ce qu'on a le choix ? L'héroïne ou moi ? Dans un monde parfait, Simon serait un addict et un père responsable, jamais hors-la-loi. Mieux : rien de tout ça ne se serait produit. Et Haroun… Haroun comprendrait. Le déni de grossesse de son ex l'a mis face à sa propre lâcheté. Encore maintenant, soit des mois après sa confidence, je ne parviens pas à accepter le fait qu'il ait abandonné son fils en Floride. Et s'il nous abandonnait, nous aussi ?

J'appelle Marcia, mais elle ne répond pas. Elle me dirait sûrement de réfléchir, de ne pas me précipiter. Elle me dirait aussi de n'écouter que moi, de préserver mon autonomie. Quand je l'ai rencontrée, elle répétait à tout-va et à n'importe quelle femme : « Si tu fais d'un homme le centre de ta vie, t'es morte. »

Si je pardonne l'écart de Simon et garde notre enfant, est-ce que ce choix-là me rend moins forte, moins libre, moins féministe ?

Je ne suis pas soumise.

J'existe.

J'observe mon ventre. Impossible de me figurer qu'il puisse, un jour, devenir rond. J'ai soudain l'image de l'épeire diadème du jardin. Haroun m'a expliqué que cette espèce d'araignée protégeait ses œufs jusqu'à mourir d'épuisement. *Comme les poulpes*, ai-je souligné. Il a souri.

Des visions d'horreur me glacent. J'ai bu, j'ai fumé. Si j'accouchais d'un être difforme, infirme, condamné ? Si j'étais une mère monstrueuse ?

Je me vêts avec l'un des sweats de Simon. La compilation que je lui avais dédiée est en pause dans la chaîne hi-fi du salon. J'appuie sur *play*. *Dissolved Girl*, mélancolique et sexy. Je passe. *Desire*, intense et explicite. Je passe. *I Touch Myself*… plutôt performatif. J'avais gravé ce CD, aussi exaltée que confuse à l'idée de le lui faire écouter. J'éteins. Je lui en offrirai un nouveau.

On sonne à la porte. Je m'approche du rideau de la fenêtre. Haroun. Je cours lui ouvrir.

– J'ai oublié ma clef.

Il m'examine de la tête aux pieds. Des sacs en papier kraft reposent sur les marches du perron.

– Tu dois manger, claironne-t-il en pointant les plateaux de lasagnes à l'intérieur.

Il s'allume un joint et recrache la fumée dans le sens du vent. Il est las, en proie à une défonce crasse.

– Et toi, tu dois dormir.

– J'ai essayé, je n'ai pas réussi.

Je l'attrape par le poignet et l'entraîne à l'étage. On se glisse tout habillés sous les draps. Je déballe la nourriture sur la table de chevet. Les pâtes sont délicieuses, mais me filent la nausée. Le stress de la nuit dernière m'a coupé l'appétit. Haroun se pelotonne sous mon aisselle, l'air songeur.

– Je t'aime, tu sais, Sissi…

– Moi aussi.

Je passe mes doigts dans le désordre de ses boucles. Ses tempes grisonnent, et j'adore ce naturel, ces soies argentées mêlées aux reflets bleus de l'ébène.

– Je ne pensais pas que ça arriverait si vite, concède-t-il dans un souffle. C'est Simon qui va être aux anges. Lorsqu'il est saoul, il le dit. Avoir des mômes, ça l'a toujours fait rêver.

J'apporte une nuance :

– Et ça l'angoisse aussi à cause de ce qu'il a vécu. Il a peur de reproduire la violence.

Haroun hausse les épaules, peu convaincu.

– C'est le mec le plus sensible et le plus adorable que je connaisse. Il n'y a rien à craindre.

– Je sais bien. Son trauma le rend parfois irrationnel.

Je soupire et poursuis :

– La drogue m'inquiète davantage. Tu as vu les gamines de Lysandre ?

Il s'étire dans le lit, puis place un bras sous ma nuque. Je me presse contre lui.

– Pour la *rabla*, il n'y a qu'une solution : rompre le contact avec les fréquentations héroïnomanes. Simon n'aurait jamais osé retoucher à une seringue sans lui.

Quelque chose de dur et de vindicatif altère son timbre qui devient guttural.

– Je n'arrête pas de penser à la coke depuis hier. Lysandre… Ça aurait pu être moi… Je ne pourrais plus me regarder dans la glace si je franchis la ligne, tu entends ?

Ses paroles accentuent ma culpabilité.

– J'étais au courant de ses consommations, avoué-je. Je vous ai jetés tous les deux dans la gueule du loup. Il m'avait demandé de ne pas le répéter à Simon. Alors, naïvement, je lui ai fait confiance.

– Je ne suis pas en colère après toi.

Il m'embrasse sur la joue.

– Qu'est-ce que je suis censée faire ?

– Il ne s'agit pas de ce que tu es censée faire, mais de ce que tu veux faire.

– Je ne devrais pas être mère.

– Pourquoi ça ? Parce que tu as deux hommes dans ta vie et un métier original ?

C'est vrai, ma carrière démarre à peine. Roger et Samantha, les agents qui ont décidé de me représenter, ne cessent d'évoquer le dynamisme du marché et la difficulté d'y établir son nid.

– Tu me dissuades d'avorter ?

– Ce n'est pas ça, hésite-t-il. Je te connais. Ne fais pas un choix aussi déterminant en fonction de Simon et de moi.

Je recule pour mieux le regarder. Il semble accaparé, comme s'il se livrait à une introspection.

– Tu t'es souvenue de Debra et de Miami. Ne nie pas, Sissi.

J'émets un murmure approbateur.

– Est-ce que tu as confiance en moi ? Est-ce qu'en, quoi… neuf mois, j'ai fait un truc qui t'a poussée à croire que je ne serais pas là pour toi ?

– Non, au contraire.

Poitrine en vrac. Tête dans l'oreiller. Il me serre de plus près et cherche ma main. Je la lui donne sans me faire désirer. On reste blottis, sans bouger, à la renverse comme une mygale sur le point de muer. J'ai tellement appris au sujet de ces animaux. Octavie ne se nourrit plus. Elle sortira bientôt de son corps : plus grande, plus colorée.

Le sommeil me gagne. Haroun bâille à répétition, en lutte contre la torpeur qui l'engourdit. Je programme une alarme pour 18 heures et ferme les paupières.

Tout ira bien.

On se réveille groggy, un peu décalqués. Nous prenons le métro. Un convoi de poussettes bloque l'accès à la rame, des chars d'assaut ou des Caddies, selon usage. Il y a cette odeur lactescente de bébé, un remugle talqué de sucre et de lingettes. Un petit être dans un couffin me dévisage. Tous les nourrissons ont la même paire d'yeux globuleux. Simon a su conserver ce regard-là : immense et ahuri, émerveillé.

Ça m'insupporte. Vite. Très vite. D'étranges frissons me saisissent. J'évite le bébé. Il piaille. Je fais le vide.

J'entends déjà Simon me parler de portage et de motricité libre. Je n'arrive pas à faire le vide.

Marcia m'a raconté sa grossesse sous buprénorphine. Parce qu'elle était toxicomane, l'heureuse nouvelle relevait désormais de l'urgence sociale. Un dossier. Une sentence. IVG. Elle a refusé. Huit mois plus tard, des messes basses tapissent le couloir de la maternité. On décale les prises de Subutex. Marcia est en manque. Maxine aussi. On la shoote à la morphine au fond d'une couveuse. On n'explique rien aux parents.

Je règle la paperasse à l'accueil du service de réanimation. C'est grave. On n'apprécie pas les énergumènes comme Simon. Ils prennent trop de place. Même dans la marge, ils dérangent.

Une infirmière essaie néanmoins de compatir :

– Votre conjoint est passé par une belle porte.

Simon est assis sur un lit médicalisé, ratatiné dans ses vêtements sales. Des larmes discrètes balafrent ses joues. On se jauge en silence, et jamais je ne l'aurais cru capable d'afficher une expression aussi contrite, aussi peu digne.

– Tu te sens comment ?

Sa voix s'éraille. Il chuchote.

– Ça va…

– Il a été intubé, commente la soignante. Il aura un peu de mal à parler.

Elle esquisse un sourire poli, puis quitte la chambre.

– Il paraît que j'ai OD. J'ai rien vu venir. Black-out total.

Haroun adopte le ton de la révélation :

– J'ai fait une overdose de cocaïne, il y a longtemps. J'étais en train de convulser par terre. Jamais senti mon cœur palpiter aussi fort, hallucinations de malade comme si la lumière sifflait dans mes oreilles, et les poumons en rade, comprimés. Je me suis ressaisi, j'ignore comment. Je crois que j'ai perdu connaissance, je n'en sais rien. Mes jambes m'ont même lâché.

– Ça marque, ce genre d'expérience. Je suis vraiment désolé.

Le moment n'est pas le mieux choisi, mais je ne peux pas attendre. J'ai l'impression de me consumer de l'intérieur.

– Je suis enceinte.

Un gigantesque sourire éclaire le visage de Simon.

– Putain, c'est… c'est génial…

S'il avait pu s'exclamer, il l'aurait fait. Il se lève, mû par une bouffée d'euphorie. Je crache d'une manière plus sèche et abrupte que je ne le prévoyais :

– Je n'ai pas envie qu'on finisse comme Lysandre et Marcia.

Il laisse retomber ses bras le long de ses côtes.

– Je ne comprends pas ton geste, Si… La méthadone fonctionnait, non ?

Il plante ses grands yeux verts dans les miens.

– C'est mon oncle…

Depuis Silas, j'ai développé un sixième sens : je flaire les affaires d'abus à dix kilomètres. Lors d'une soirée chez Marcia, il y avait une fille… différente. Elle impressionnait par l'intelligence et la maturité de ses discours. J'ai senti. Cette fille m'avait touchée.

J'apprendrais plus tard que son père était en prison. Quand j'ai rencontré Simon, je l'ai senti aussi.

– Je dors plus, Sissi…

Sa voix s'éteint presque, mais il déglutit et insiste :

– Je retourne au CSAPA demain. Je déconnerai plus, je le promets. Surtout avec un mioche. Je ferai tout pour être un bon père…

– Je sais.

Nous libérons la chambre et prenons un taxi. Simon s'installe entre nous, tout en tressauts et nausées. Le manque commence à se manifester et l'enduit d'une sueur chimique.

Haroun l'a sauvé.

J'imagine une vie pour nous.

Une fois à la maison, on se remet au lit. Je me déshabille. Besoin de nudité. Nous nous enlaçons dans le crépuscule pluvieux, nous sommes le papillon noir de Rorschach, nous ne cédons rien à l'obscurité. Simon gobe une fiole de méthadone et s'y accroche comme un dévot à la croix.

Je me rappelle les quais gelés du mois de janvier. Après les cours, Simon m'a accompagnée à la gare. On a siroté un chocolat chaud sous les *Tulipes de Shangri-La*. Les vitrines d'Euralille écarquillaient la nuit. Il avait l'air d'un enfant paisible. Je suis montée dans le wagon. Les carreaux du train étaient si sales que je ne discernais plus Simon de l'autre côté. Il a frotté sa paume contre la crasse. J'ai mis mes mains en œillères, juste assez de temps pour le voir coulisser derrière le verre. Disparaître. Mon cœur s'est serré.

Une évidence.
Ses yeux.
Encore maintenant.
On existe.

La Heimat

To join our hands at sea – and slowly sink, and slowly think:
This is perfect water, passing over me
[…]
A life of perfect order! A strange and perfect water!

Blue Öyster Cult – *Perfect Water*

La came soulève jamais de dilemmes. C'est les connards autour, les gens sobres qui insistent pour y voir une forme d'autodestruction incompatible avec la vie courante. Les dilemmes se posent juste quand quelque chose ou l'absence de quelque chose se met entre le produit et toi. Le fric, généralement.

Les premiers à ouvrir leur gueule sur la toxicomanie sont les derniers concernés, même pas correctement renseignés. Ils ont maté *Requiem for a Dream* un soir, et ça y est : ils sont addictologues, magistrats, éducateurs, sociologues… Une donnée leur échappe, à ces couillons : on fait ce qu'on veut.

Pour ma part, j'ai merdé. Les images de mon enfance ressurgissent par vagues lorsque je suis seul, des bribes de plus en plus violentes et décousues qui me provoquent des crises d'asthme. J'ai beau être entouré et soutenu, je connais rien de mieux qu'une montée d'opiacés pour occulter ce qui dérange. J'ai décroché progressivement de mon TSO, et comme y a une frontière entre le fantasme et la réalité, j'ai d'abord vidé l'armoire à pharmacie de la marâtre. Toute la codéine y est passée en moins d'une semaine. J'ai ensuite désespéré avec mes Izalgi. J'ai effectué une extraction pour récupérer la poudre d'opium, mais y a de la morphine base là-dedans, et c'est pas très soluble dans l'eau froide. Elle reste avec le paracétamol. Vu ma tolérance aux substances, ma concoction a servi à que dalle. Autant me biturer au panaché. À rôder près des tours de la Mort, je me sentais en faute, style époux adultère, et me suis débiné à l'achat. J'allais me recaler au bon dosage de métha, me persuadant que le monde des narcotiques se refusait désormais à moi ou que j'étais plus fait pour lui, quand Lysandre m'a appelé. Et v'là qu'il m'a parlé de *speedball*, et qui dit *speedball* dit héroïne. Ça m'a motivé à bouger jusqu'à chez lui. C'est con, il s'en était sorti, pourtant. La coke est une traîtresse : clean un jour, un mois, un an… Ça veut rien dire. Après, faut encaisser les descentes, les coups de mou et l'angoisse, et c'est là que la magie de la came opère. Et le flash que je fuyais depuis sept mois, il est revenu en deux secondes… Est-ce que ça valait la peine d'OD ? Sans doute pas. Est-ce que je récidiverai ? Non, pas avec ce que je sais.

Le dilemme, il est là, il grandit chaque jour dans le ventre de la Sibylle. Il me rappelle que je suis humain avant d'être tox. J'admire les personnes qui concilient avec brio parentalité et stupéfiants. Elles méritent une médaille ou une étude sociologique, je sais pas, une distinction. Y a autant de façons de vivre avec la drogue que d'usagers, en fait. Moi, je gère plus rien en me piquant tandis que certains, c'est fumer ou le snif qui les rendent tarés. Sissi va pas avorter. Sinon, elle goberait pas de la vitamine B9 au petit déj. Et puis, j'ai demandé à être présent lors de l'échographie de datation. Elle m'a serré contre sa poitrine comme si elle attendait que ça. Je serai un bon père. Je le serai, je le sais.

Chaque matin, après avoir ingurgité ma dose et discuté avec l'équipe soignante du CSAPA, je me balade au jardin des Plantes. La marche me vide la tête. Sur le chemin de la maison, j'achète des pâtisseries pour mes deux amours – excuses sucrées que je renouvelle au quotidien. Des bambins gazouillent sous les arches de roses et explorent les tilleuls en fleurs. L'herbe brillante sature la ville d'une chlorophylle édénique. La vie est douce, la vie pourrait être belle, ouais… si seulement j'étais pas en pièces détachées, si seulement…

– B'zour, msieur !

J'observe le môme : un mètre les bras levés et des yeux étincelants, encore tout neufs, une peau lisse et rosée tel un bourgeon de printemps. J'ai été à sa place. Je lui jette un bout de sourire et lui dirais bien de pas parler aux enfants morts. La honte m'étrangle.

Je presse le pas. Sensations fantômes. Le froid du carrelage m'engourdit les fesses. Ça apaise ce qui brûle à l'intérieur de moi. Sous le lavabo, y a cette odeur visqueuse de canalisations, et je fixe le rideau de douche. Les arcs en accolade forment un camaïeu de brun et d'orangé. Je le fixe tellement que les motifs se mettent à onduler comme l'air en été. Je saigne, j'ai l'impression de saigner à l'envers dans mon ventre, mais c'est pas grave… *car on est entre hommes*. Plus tard, ma mère me surprend à sniffer de la glu, à mordre le tube. Je me bricole. J'ai peur. Je m'écrase et la laisse me traiter d'attardé. Je passe mes soirées à me faire vomir.

J'ai eu une longue conversation au téléphone avec ma sœur. Elle a validé quelques souvenirs. Herbert venait nous chercher après l'école. Charlène kiffait pas. Elle se sentait délaissée. Il la foutait devant la télé, télé à fond bien sûr, et moi… ben y avait toujours un prétexte pour m'accaparer. J'ignore encore pas mal de choses. En revanche, Charlène a une mémoire d'éléphant. Elle a toujours pensé que notre oncle était pas net, mais la marâtre refusait d'en parler. Maintenant, elle sait pourquoi. Selon elle, y avait comme une omerta sur Herbert, et même Angelika, ma grand-mère, se risquait pas à la briser. Paraît qu'après son décès, il a pas eu autant de fric que Frieda, et ça les a encore plus brouillés. Charlène soupçonne la *Familie* de toujours avoir été au courant. La marâtre aurait essayé de me protéger le soir où mon oncle l'a frappée. J'essaie d'assembler le puzzle, mais j'ai l'impression qu'on m'a volé une partie de ma vie, que je raconte l'histoire de quelqu'un d'autre.

La psy dit que l'amnésie est un mécanisme de sauvegarde fréquent chez les victimes de violences sexuelles. Le cerveau disjoncte sous l'effet du stress et aspire les événements dans un trou noir. Ça peut être partiel ou total, et le trauma peut se raviver suite à des stimuli ou d'importants bouleversements personnels. La Sibylle m'a confié que ça la concernait aussi. Ses viols se ressemblent tous et se sont répétés si vite que son esprit les a condensés en deux ou trois fragments à peine. La chronologie est foireuse, pas les détails.

Le parfum de la maison a changé. Je hume les odeurs de lessive. On a viré les cadres et les colifichets qui me donnaient l'impression de squatter un magasin de hard discount. J'ai vitrifié le parquet du séjour et ai enduit les murs abîmés. On a opté pour une déco feutrée et *british*, histoire de faire honneur aux canapés Chesterfield de la marâtre. Ça fait classe. Les mues de mygales et les papillons sous verre instillent un charme glauque. Notre logis prend forme. Charlène a déballé des trucs comme quoi on avait du goût. On a rendez-vous chez le notaire début messidor pour signer les papiers, et je me demande si son intention de me céder la baraque serait pas une forme de dédommagement au nom de la *Familie*.

Haroun déguste ses tartines à la confiture, et je le chope en train d'enfouir sa cuillère dans le pot. Ses cheveux ramassés en un chignon souple accentuent la saillie de ses pommettes. Sissi prépare le café dans une expression quasi méditative. Je pose les tartelettes au citron meringuées et l'étreins par-derrière. Elle embrasse le dos de ma main. Je caresse son ventre encore plat et tombe enceinte par procuration. Haroun nous lance un regard d'empathie. Je pensais qu'il prendrait vite ses cliques et ses claques, mais non. Il rapporte son terrarium et nous sort, au calme, qu'il dort mieux avec nous. Faut voir. Parce que si le gosse est aussi braillard que son daron, on devra faire les trois-huit ou tourner au speed pour prévenir l'épuisement parental.

Je profite de la normalité, non, du bonheur de l'instant. Je rénoverais bien la cuisine dans une ambiance industrielle, avec un passe-plat à guillotine et des baies vitrées. Je bâtis notre nid. C'est ce que ma mère aurait voulu, et j'évoque cette idée plus tard, à bord du train qui nous conduit chez Daniel. Sissi est d'accord et soumet des suggestions. Je quémande surtout l'aval d'Haroun : lorsqu'il a pas le nez dans le *British Medical Journal*, il chantonne derrière les fourneaux. Je reçois un bécot. Le geste est approbatif, quoiqu'un peu froid. C'est sûr, son *craving* de coke et mon overdose disparaîtront pas en un coup de pinceau.

Cette saison, les lilas de mer fleurissent en avance. Les cymes mauves fanfreluchent les estuaires. Le soleil de floréal blanchit et suffoque le ciel d'une merveilleuse incandescence. On flâne sur le ponton du port de la Madelon, qui accueillait autrefois la flotte de pêche berckoise. Les eaux moirées de l'Authie percolent la vase sableuse. Sissi arbore une robe de tulle rose, parsemée de fraises scintillantes. Je déballe le reflex et la photographie sans attendre. Son corps cambré, presque fluide, transperce la dentelle ajourée des lilas. Elle délace son corset. Sa peau brille de transpiration. Je me lasse pas de ses poses. Parfois, ça frôle le jeu : on a pas envie de se promener ou de faire l'amour, on veut juste faire des photos… Haroun est plus pudique, n'empêche qu'il en tire un plaisir vaniteux. Aujourd'hui, il se contente de reluquer en sirotant son granité.

C'est un chouette aprèm. La Sibylle rentre piquer une sieste. Haroun et moi, on déambule dans les rues piétonnes de Berck. J'achète des bonbons pour nous et une bouteille de bon whisky pour Daniel, afin de le remercier… d'être lui, et de nous accueillir, aussi. Ça a mal démarré entre nous, y a cinq ans. Il avait senti la détresse de Sissi durant toutes ces années, ce flou d'yeux rouges et de mutisme, sans jamais foutre le doigt sur ce qui l'avait causée. Il pouvait pas permettre qu'un queutard tout sucre tout miel l'exploite. Un soir qu'il était chagrin, il m'a bien zieuté : *Je sais pas si ça durera, mais vous avez vraiment besoin l'un de l'autre.* On a discuté. C'était le genre de discussion interminable, mais qui le paraît pas et qu'on boit comme du petit-lait. Il a été obligé d'accepter que je comptais pas m'en aller. Quand on s'est couchés, le ciel de la nuit s'éclaircissait et les tourterelles roucoulaient. Très vite après ça, il m'a surnommé *mon tchiot.* Maintenant, y a Haroun aussi, et il a pas l'air de le rejeter. Si ma fille ramenait constamment les deux mêmes guignols sous mon toit, je flairerais les complications.

Les embruns me décongestionnent les bronches. J'ouvre notre paquet de confiseries. Les berlingots multicolores chatoient comme de la verroterie entre mes mains. Haroun en pioche un et suit le même rythme de marche que moi, une marche lourde et rêveuse, dans un silence qu'on ose pas briser d'un ricanement ou d'un regard complice. On trinqueballe nos carcasses jusqu'au bout de la digue pour les poser plus bas, sur le musoir en roches. Les phoques apparaissent au loin en un amas de crottes de mouche échouées. Haroun s'allume une cigarette. Il tire une taffe et me la tend.

– Tu le fais exprès, j'espère ?

J'observe une pause, puis ajoute :

– Cherche pas… Je veux pas claquer à cinquante ans.

Il sourit comme s'il venait de prouver un truc. Je m'écarte, parce qu'y faut le dire : lorsqu'on décroche d'une substance et qu'elle a perdu son emprise, on s'aperçoit à quel point c'est nocif.

– Je vais être papa, tu te rends compte ?

– J'ai hâte de voir ça.

C'est même pas ironique, et il a ce hochement de tête contemplatif qui me donne l'impression qu'il essaie de se projeter.

– Et toi, tu vas être quoi ?

Il rit dans sa barbe.

– Le beau-père qui rouspète.

– Ouais, une vraie petite famille.

Ma déclaration est sérieuse, sans appel. Le visage d'Haroun s'allonge.

– On t'a pas demandé d'emménager avec nous pour faire joli. C'est pas conventionnel, mais ça marche, non ?

Je sais pas pourquoi je lui parle avec le ton d'un gamin en quête d'approbation.

– Les types comme nous ne sont pas conventionnels, qu'il finit par soupirer. Non, ils ne *peuvent* pas l'être.

– À cause de la poudre ?

On se dévisage quelques secondes.

– La C et la *rabla* ne nous définissent pas.

Il prend une profonde inspiration.

– Je… je n'ai jamais été heureux, Simon…

– Moi non plus.

– En revanche, y a une sérénité qui ne demande qu'à se stabiliser, une espèce de bonheur en creux, et ça, ça me plaît bien. Enfin, je le sens comme ça.

– Charlène dit que mon bonheur compte, qu'importe sa forme tant que je la juge appropriée, un truc du style.

– Pas contrariante, ta frangine.

Je repense à l'addicto qui rabâche que les « personnes dépendantes » doivent avoir un projet pour donner du sens à leur vie. J'ai une carrière prometteuse, deux conjoints sublimissimes et un bébé en route : je manque pas de projets. Il raconte de la merde. Les tox ont des projets et des rêves, c'est les concrétiser qui est parfois insoutenable. Si le toubib croit qu'il dépend de rien, pas même du pognon qu'il gagne, il s'est gouré de métier. Les abus d'Herbert font sens. Et quelque part, ça me soulagerait presque. C'est pas moi, le problème.

Haroun a raison. L'héroïnomanie me définit pas, c'est un symptôme.

– Je vais porter plainte contre mon oncle. Ça sera sûrement classé sans suite, mais j'en ai besoin pour me réapproprier mes souvenirs et laisser une trace.

Haroun semble pas surpris de ma démarche.

– Tu t'en sortiras.

Tandis qu'il enroule son bras autour de mon épaule et me passe la pommade, je réalise que je connaîtrai jamais la personne que j'aurais dû être. Je comprends Sissi et Marcia, maintenant, leur moue d'impuissance et de colère… La blessure est là, plus ou moins purulente, et rappelle ce qu'on a laissé derrière soi. Non seulement j'arrive pas à me rapprocher du Simon de cinq ans, mais en plus je le déteste.

– Moi, c'est la Sibylle qui m'impressionne. Elle en a fait du chemin.

Haroun acquiesce.

– Il serait temps que ton collègue se ressaisisse, lui aussi.

Je décèle une pointe d'amertume dans sa voix.

– Lysandre a fait une rechute, ça arrive…

– Il ne s'est pas soucié de toi une seconde. Est-ce qu'il t'a appelé depuis que tu es sorti de l'hosto ?

– Non, mais faut le comprendre. Il a beaucoup morflé dans la vie. Sa mère…

– Rien à foutre.

Haroun se renfrogne. Il a cette expression sévère qui m'indique que j'ai intérêt à ouvrir mes esgourdes.

– Pendant que je te faisais du bouche-à-bouche, il a frappé Sissi.

– Quoi ?

J'arrive pas à assimiler l'information.

– Elle l'a accusé de t'avoir tué. Elle était désespérée…

– J'hallucine ! L'enfoiré !

– La nuit de ton overdose a été atroce, qu'il admet. Et ce type…

– Selon l'addicto, rompre le contact, ça aiderait.

– Je sais, je suis passé par là.

Lysandre a toujours galéré, mais c'est pas une raclure. Ça excuse pas son geste pour autant. Je me sens responsable. C'est moi qui ai tendu ce traquenard, parce que je voulais pas voir la vérité en face. J'aurais jamais imaginé qu'Haroun câblerait à cause de la poudre ou que Sissi serait violentée.

– Je ferai ce qu'y faut, que je tranche.

On traîne encore un moment sur la digue, bras dessus bras dessous, avant d'emprunter la direction de la ville.

Daniel m'a donné une clef de la maison. On rentre sans sonner. Haroun a acheté de quoi faire un barbecue, et je vais préparer des crèmes aux œufs. La clique Noiret est au complet : la fille, le père et le grand-père. La Sibylle traînasse dans une chemise de nuit informe, signe qu'on ressortira pas après le dîner. Daniel, en bout de table, croise les mains et fixe sa toile cirée d'un air désemparé. Lucien, debout derrière une chaise, dodeline de la tête. La contraction de ses sourcils exprime une vive émotion. La sueur me chatouille le front. Je file au salon en imaginant des gouttelettes de transpi sur le carrelage. Haroun, tout aussi désireux de s'effacer, regagne sa chambre sans dire un mot. Je pense qu'ils nous ont vus et ont préféré nous ignorer.

Ce qui devait arriver arrive : un aparté familial. Et si Daniel désapprouvait la grossesse de Sissi ? notre trouple ? s'il avait l'intention de l'inciter à avorter ? à me plaquer ? Non, il veut des petits-enfants… Je tends l'oreille et halète comme un porc. Sa voix et celle de Sissi ricochent avant de marquer de drôles d'inflexions. On dirait qu'il lui passe un savon en murmurant. J'en suis pas sûr.

Ça enfle en chœur, ça se coupe la parole… jusqu'à la retombée du silence. Je m'essuie le front d'un revers du poignet et décide de me taper l'incruste. C'est mieux que de baliser dans mon coin. Je servirai une excuse style *faut mettre la viande du barbeuc au frigo*. J'avance d'un pas ralenti et prudent. La Sibylle me suit du regard, droite comme un piquet devant le vaisselier. Ses joues se sont empourprées. Daniel est toujours dans la même position, le visage fermé et pensif. Lucien s'est assis à la gauche de son fils. À quatre-vingt-seize ans, il affiche une forme du tonnerre : teint hâlé et superbe carrure malgré sa bedaine de bière. Des fois, je me dis qu'il nous enterrera tous.

– Tiens, Simon, qu'il s'écrie dans un mouvement d'impatience. On est au courant de ton problème.

– Euh…

Daniel lève les yeux vers moi, sans bouger le reste de son corps, et ajoute :

– La drogue, chef.

Pas possible, putain. Non, non… Sissi ose plus me regarder et fait craquer ses doigts de nervosité. Je pige plus rien. La terre s'ouvre sous mes pieds. J'entends déjà les reproches paternalistes matinés de toxicophobie : *tu te flingues la santé, pourquoi tu fais ça, je te faisais confiance et tu te cames, t'es dangereux, je te dis ça pour t'aider*, etc. Et d'un coup, toutes les discriminations que j'ai subies me reviennent : les pharmaciennes qui refusent les ordonnances pour pas *jouer au dealer*, ces mêmes vieilles biques derrière leur comptoir, tellement saines et entretenues que c'en est insultant, qui boycottent les Stéribox et veulent te refourguer des seringues à prix d'or ; mon agent qui m'explique que le look tox, ça a une esthétique trash en photo qui fascine, certes, mais pas en vrai – en vrai, mes pupilles en têtes d'épingles font pas vendre. Je repense à ma mère qui m'a foutu dehors, et maintenant y a Daniel, ses traits burinés qui se détendent pas, ce dépit que j'espérais jamais voir chez lui.

– Faut que tu nous parles, Simon, et t'as pas intérêt à te maloter.

– Y a rien à dire.

– La vie a pas été tendre avec toi, fiston…

Lucien me tapote l'épaule. Je me laisse faire. Il émane de lui une chaleur paternelle tout en retenue, et quand je remarque l'œil indulgent de Daniel, je tilte que ces deux-là sont pas en colère.

– Comment…

– Ton site Internet, tes photos.

J'éprouve un bref soulagement, le genre qui s'éteint à la vitesse de l'éclair : s'il a consulté mon portfolio, il a sûrement découvert les nus de sa fille. J'ai pas d'autre choix que de boire la coupe jusqu'à la lie.

– Sissi nous a assuré que tu avais un suivi et que tu t'en sortais bien.

Elle m'attrape la main ; je serre fort la sienne.

– Et ton oncle…

Un rictus indigné, haineux, déforme la face de Daniel. La Sibylle a balancé mon histoire pour mieux faire passer la pilule. Je comprends. On a toujours pitié d'une victime qui a mal tourné, jamais d'un tox qui se shoote sans raison apparente.

– Je me soigne et veille sur Sissi, c'est tout.

J'explique ce qu'est la méthadone, ergote sur les sigles – CSAPA, RDR, TSO –, et livre deux, trois anecdotes médicales en insistant sur la rectitude et l'efficacité de mon parcours. Dans ces situations-là, faut étaler la confiture : l'interlocuteur patauge et écoute sans moufter.

– C'est tout un rébus, ton affaire.

Lucien s'affale et soupire :

– Parle-nous, d'accord ?

– Tu nous appelles, hein ? T'es mon gendre, et je veux pas me faire de mouron.

Ma réponse se fait pas attendre :

– Promis.

– Haroun, il touche pas à ça ?

– Non, pas mon délire.

Je sursaute. Haroun vient d'apparaître derrière moi. Daniel braque son regard d'un bleu voilé sur lui.

– Tant mieux, car je suis pas dupe… Tu couches avec ma fille, aussi.

La Sibylle pousse un grommellement rauque pour signaler qu'elle est là, et pas ailleurs ou transparente. Elle annonce dans la foulée :

– On vit à trois.
– Je vais avoir besoin d'un verre, gémit Daniel.
– On est amoureux.
Lucien pointe Haroun de l'index, puis moi :
– Même vous deux ?
– Je crois bien, que je souffle.
Le silence s'abat comme un couperet. Ça fait trop d'infos pour aujourd'hui. Haroun fait bonne figure tandis que je bouillonne dans ma sueur. Sissi a toujours cultivé une indépendance farouche vis-à-vis de sa famille. Elle demandera jamais la permission de son père, mais ça lui ferait plaisir qu'il accepte.
Je m'apprête à plaider comme j'en ai l'habitude dans ces moments chiants de révélations, lorsque Daniel prononce une phrase qui change tout :
– Tant que vous êtes heureux ensemble, moi, ça me va.
La Sibylle accuse réception par un magnifique sourire.
– Toi, chef, tu files droit, plus de seringues et compagnie, hein ?
– Oui, que je promets, et je glisse la bouteille de whisky sur la toile cirée.
– Faut que je digère les nouvelles. Vous allez me tuer.
Lucien se dirige vers le cellier et en ressort avec une boîte ornée d'un ruban pailleté. Il me la fout devant le pif et prévient :
– C'était pour ton Noël, mais Daniel m'a rappelé que tu le fêtais pas à cause du calendrier de la Commune.

Je le regarde, je riboule des yeux. En fait, il m'aime bien… Il a un instinct de pudeur, typique du survivant. Je déchire le papier cadeau d'une main timide. Mon cœur explose. Putain. L'intégrale DVD de *Jem et les Hologrammes.*

– Tu t'es souvenu de ça !

Je gratifie le grand-père d'une accolade. La Sibylle nous rejoint et m'enserre par la taille. Haroun ébouriffe mes cheveux avant de se rabattre sur elle. Daniel se tient loin des effusions. Je perçois son visage tremblotant, boursouflé tel un fruit mûr. Il me sourit, et j'aurais aimé que ma mère me sourie comme ça.

Teuthologie, 3e partie

I want to be
As deep
As the ocean
Mother ocean

Jane's Addiction – *Ocean Size*

Simon et moi sommes des enfants du Nord, c'est un fait, des fils de la Manche. Paris, ça a toujours été le Sud, et la Méditerranée, un cliché de carte postale. Aujourd'hui, pourtant, la garrigue nous dévoile ses buissons de cistes et de romarin frais. Je hume l'odeur de cette terre de soleil, un baume d'iode et d'aromates qui, d'une seule inspiration, me dépayse. Nous longeons une carrière lambrissée de chênes verts, cicatrice plane et indélébile de l'ouvrage des hommes. En contrebas, un bras de mer ballotte des voiliers assoupis. On progresse sur un sentier glissant, que les randonneurs et l'usure naturelle ont escarpé, afin d'atteindre la calanque. Haroun oriente la marche. Je me sens lourde, écrasée par mon propre poids. Simon, en bob et lunettes polarisantes, dégorge comme une éponge.

– C'est encore loin, là, ton truc ?

Nous franchissons une pente de pierres lisses, ombragée d'une pinède. Pas à pas, les troncs noueux des pins d'Alep laissent place à une plage de sable blond. Des galets parsèment cet écrin intimiste. Les falaises crayeuses dentellent une onde claire, d'un éclat caribéen.

– Voilà ! s'exclame Haroun avec un geste théâtral.

La crique est quasiment déserte. On s'installe tout de même sur une restanque, en retrait. Simon déballe le panier à pique-nique et les serviettes ; le matériel de snorkeling et l'indice 50 dont il s'enduit copieusement. Je pioche dans la salade de pâtes. Mon nombril pousse vers l'avant, mais n'attire encore aucun regard. Je reste plutôt maigre.

J'envoie une photo du paysage à mon père, qui m'encourage à en profiter. L'annonce de ma grossesse a éveillé en lui une joie sincère, vite troublée par l'appréhension. Il lui a fallu plusieurs jours pour dissiper ses doutes, en particulier sur le polyamour. Le regard des autres le taraude plus que la réalité. Mon grand-père, qu'on imaginait plus conservateur, a fini par crier au génie : deux hommes si différents ne peuvent engendrer qu'un équilibre harmonieux. Le flegme d'Haroun contrebalance la fougue de Simon, et au milieu de notre amour, de nous, une famille grandit. À présent, deux battements de cœurs en moi. Un bébé.

J'enfile mon masque et mon tuba. Je pars chercher les poissons. L'eau est bonne. J'y entre comme dans un drapé de soie. Ma peau s'étend sur deux millions de kilomètres carrés. Je suis immense. Je disparais.

J'aperçois des moules. Un banc de saupes tourbillonne à ma gauche. Leurs écailles argentines, rayées de jaune citron, me chatouillent les mollets. Une blennie au dos épineux surgit d'une crevasse. Ses gros globes oculaires, rehaussés de cirres telles les antennes d'un alien, pivotent en tout sens. Elle fuit aussitôt dans une nage serpentiforme.

– Vous venez voir les poissons ?

Haroun et Simon se dorent la pilule, blottis l'un contre l'autre. Ils échangent un bref regard, l'air de se demander lequel d'entre eux va se dévouer pour me faire plaisir.

– OOOOOOOOK, bâille Simon.

Il entre dans la baie et s'humidifie la nuque. Je l'asperge. Une gigantesque éclaboussure jaillit de son côté et m'emporte sous les vagues. Ses mains frêles me soulèvent avant de me rejeter à la mer. On rit à gorge déployée, on s'enlace et on sombre, sombre, sombre… La proximité de son corps est rassurante. J'enroule mes jambes autour de ses hanches. Et ses lèvres sont sur les miennes, et sa langue est dans ma bouche. Simon a changé de goût et de texture avec l'eau. Il respire une douceur de monoï salé. Nous prenons la couleur du récif. Haroun nous immortalise à travers le viseur du Polaroïd.

– Vous êtes mignons !

– On le serait davantage si tu nous rejoignais !

Il s'esclaffe, flatté de l'invitation.

– Non, je surveille nos affaires. Ça va bientôt se remplir de touristes…

Je retourne à mes poissons sans insister. Simon se laisse dériver en faisant la planche. Son ombre longiligne crée un contraste douloureux, un effet de clair-obscur dans lesquels se dessinent plusieurs détritus que j'avais ratés : une pochette de jus de fruits, un gobelet et une canette de soda. Ça m'énerve. Je décide de les ramasser. J'ai longtemps participé aux opérations de nettoyage de la Côte d'Opale. C'est en suivant la laisse de mer qu'on peut récupérer toutes les cochonneries qui ont envahi l'océan – des blocs mousseux de paraffine par exemple, ou des bouchons, des filets abandonnés.

Je tends le bras en direction du fond sablonneux. L'eau est peu profonde, ce qui permet à mon tuba de dépasser à la surface. Le gobelet s'incline d'un coup sec en arrière. Une mince fente apparaît, d'où saille une espèce de scrotum globuleux. Je recule. La paire d'yeux cuivrés guette et grossit, aussi surprise qu'à l'affût. Je reconnais ces pupilles horizontales et ce noir d'encre, vif et scrutateur. Une brûlure familière. Une fascination intacte.

– Il y a un poulpe !

Simon bascule en un éclair et mouline jusqu'à la rive comme un labrador surexcité. Il se munit de son appareil photo, équipé pour les prises subaquatiques.

– Où, putain ? Où ?

Je lui fais signe et pose le plat de ma main devant le gobelet. Le poulpe n'y est pas à l'abri. J'y vais *piano* et pointe délicatement l'index afin de lui donner l'initiative. Trop de plaisanciers et de plongeurs effraient les pieuvres en tentant de les attraper. Après un moment d'hésitation, le céphalopode déroule un tentacule vers moi. Ses ventouses me tâtent comme autant de lèvres rondes et renflées. Un sursaut nous sépare. Je reviens. L'animal, méfiant, déploie deux tentacules qui lui taillent une longue moustache en croc. Ces derniers ne tardent pas à se tordre autour de mes doigts. Je ne bouge pas. Le poulpe s'extrait peu à peu de sa drôle de coquille. C'est un juvénile. Son manteau en forme d'amande ramollie glisse au creux de ma paume. La pieuvre totalement à découvert me considère désormais avec une expression de confiance placide. Ses tentacules sinuent sur les lignes de ma main. J'effleure sa tête et sens le jet vibrant de ses siphons. Sa peau tachetée oscille entre terre et neige.

J'approche de Simon. On se tient la main, offrant ainsi une passerelle à notre curieux compagnon. Le poulpe prend conscience de ce changement et palpe son poignet avec circonspection. Il se comprime en une masse timide, puis file en étoile contre son épaule. J'empoigne le caisson et commence à prendre des photos. Je n'ai pas les mots pour exprimer à quel point j'adore ce que je vois.

Simon.

Une pieuvre.

L'eau.

On pirouette ensemble. Le poulpe épouse la crénelure de nos côtes. On n'ose plus chahuter. Nous sommes siamois. Passé le ravissement, il s'agit de décoller ces milliers de ventouses qui adhèrent à nos corps. Je parviens à nous dépêtrer. Le céphalopode volette et se raccroche aussi sec à la paume de Simon.

J'examine les écueils à la recherche d'une cachette. Une anfractuosité étroite, ridée d'algues vertes, morcelle les rochers. J'active le flash pour m'assurer de sa disponibilité. Vide. Simon y fourre la main. Le poulpe, intrigué, tâtonne la faille comme un aveugle le ferait pour deviner un visage. Il finit par s'y nicher. Les contours de sa silhouette s'estompent. Nous nous éloignons, les déchets à la main, et regagnons la restanque, abasourdis.

Lorsque nous quittons la calanque, Simon et moi sommes toujours dans un état second. L'agitation de la cité phocéenne nous indiffère. Ni les petites rues dorées, pullulantes de scooters et de chauffards ni les artères polluées ne coïncident avec le charme qu'Haroun nous a vanté. Il se faufile dans les embouteillages, moulinets de bras hors de l'habitacle, jurons et doigts d'honneur : pas de doute, il est dans son élément. Au sortir de Marseille, il coupe court à la monotonie des autoroutes et emprunte des départementales tortueuses, bordées de champs et de ravins boisés, surplombés de montagnes à pic. J'ouvre la fenêtre et inspire l'odeur des lavanderaies qui embaument à des mètres à la ronde. Mon téléphone émet un tintement. Messenger. Ça doit être Marcia ou mon père.

Silas Salembier
17:27
Je sais pas par où commencer
C'est que je ressasse l'histoire dans tous les sens depuis qu'on s'est parlé en avril
Merci de m'avoir écouté quand même
J'ai toujours su que j'aurais pas dû te fréquenter
De par la différence d'âge, déjà
La preuve : je m'en suis jamais vanté, alors que j'aurais pu
Tout le monde au camping-car était à fond sur toi
J'ai pensé qu'à moi, et c'était facile de t'impressionner
Je croyais qu'à la longue, comme tu disais plus rien, c'était un jeu entre nous, et que ça passait
Tu m'avais dit que je te plaisais et que j'étais le premier mec qui t'intéressait
Au départ, t'avais l'air réceptive
Donc j'ai peut-être interprété ça comme une façon d'avoir du pouvoir sur toi
Ça a fait ressortir le pire en moi
Parfois, je te revois avec tes longs cheveux, tes Dr Martens, et ton air renfermé
J'ai encore la toile de Live Through This que tu avais peinte
L'album de Hole
T'es jamais venue la récupérer
Je regrette
Sissi
Je suis impardonnable

Je fixe l'écran, éberluée. Les bulles de discussion défilent au rythme des palpitations qui me montent à la tête. Je me ratatine sur mon siège. Comment démêler le vrai du faux ? Silas avait enclenché tout un mécanisme de prédation : escalade des demandes, contradictions, communication floue… Rien à voir avec le mec qui tombe des nues devant mes accusations. Il savait se rendre indispensable dans le malaise et la brutalité pour mieux les travestir en relation amoureuse. Il n'a pas conscience du mal qu'il m'a fait, juste des risques qu'il encourt s'il est dénoncé. Je n'attends plus rien de lui.

– T'en tires une tronche ! T'es pâle comme un cul dans le rétroviseur.

– Silas m'a écrit, balbutié-je.

Simon ne cache pas son exaspération.

– Il veut quoi, ce branque ?

– Je lui réponds, et je te montre.

Sibylle Noiret
17:32
Salut.
Il est temps pour moi de passer à autre chose.
Ta « prise de conscience » arrive trop tard.
Je n'ai ni l'envie ni le courage d'en discuter avec toi encore une fois.
N'aie pas peur des mots.
Tu m'as violée.
Si tu es impardonnable, au moins tu peux changer. Pense à l'exemple que tu dois donner à ton fils. De mon côté, j'apprends à me pardonner. Je n'ai plus honte.
Sur ce, ne me recontacte pas. Comme tu l'as dit, j'ai trop longtemps vécu dans le passé et c'est là qu'est ta place désormais.
Sibylle.

P.-S. : Tu peux brûler *la toile.*

Vous avez bloqué Silas Salembier.

Je pousse un soupir et donne mon portable à Simon. Aucune larme ne déborde de mes paupières. Au contraire, je vais bien. La stupeur s'est dissipée. Ce constat s'impose comme une évidence.

– Il devrait être au trou, ce connard !

Je n'envisage pas de porter plainte ; l'idée ne m'a même jamais traversé l'esprit. À quatorze ans, je n'en avais pas la force. Impossible de verbaliser ce que j'avais subi. J'avais peur de ma vérité, de la réaction de mon père, des potentielles rumeurs dans Berck. Le silence allait de soi et m'enserrait comme deux murs qui se refermaient, écrasant tout jusqu'à l'espoir de m'en sortir. Les mots me sont venus bien plus tard, lorsque j'ai rencontré Simon – des mots terribles, en *V*, qui me faisaient mal si je les prononçais.

J'ai réalisé le fantasme casse-gueule d'une confrontation avec Silas ; j'ai repris le contrôle de la narration. Une méthode dangereuse, j'en conviens, qui a pourtant suffi à me soulager. Je n'ai plus besoin de parler. J'ai besoin d'aller de l'avant, sans ombre autre que la mienne.

Les associations dans lesquelles Marcia m'a traînée incitent souvent à porter plainte. Elles détaillent un protocole long, étouffant, qui ne garantit pas réparation. J'ai eu l'impression, parce que j'avais été agressée, de porter à moi seule la responsabilité de la lutte contre les violences sexuelles. Il fallait encore parler, mais surtout protéger et punir, sans certitude d'être entendue.

Je pense aux viols correctionnalisés, aux classements sans suite, aux travailleurs du sexe *slut-shamés*, aux migrantes emprisonnées. Je ne crois pas en la justice. Marcia non plus. Le procès de son frère relevait d'une affaire de plus grande ampleur : un monstre perdu dans le système, que les flics avaient pris en filature pendant des années. Des monstres, il y en a plein, et ils ne sont pas perdus : ils font système. J'ai tout donné pour cesser de me battre contre moi-même. Je n'ai plus le courage de livrer un autre combat.

J'observe mes deux conjoints. Je touche mon ventre – une façon d'entrer en contact avec ce bébé qui grandit déjà si vite. Une présence minuscule et lumineuse. Il ne nous guérira pas… Disons qu'il est, pour citer Simon, *das Sahnehäubchen* : la cerise sur le gâteau. On s'aime, alors on crée. On est des artistes, après tout.

Une échappée

Wave goodbye, wish me well
I've become something else

Nine Inch Nails – *Everything*

La Sibylle et Haroun roupillent encore. Je les reluque dans la pénombre du matin. Nus et en cuillère, leurs corps subliment le concept d'horizontalité. Elle a le ventre qui enfle discrètement et une grosse paluche posée dessus en prime. C'est qu'il s'y fait. Je me saque sur la pointe des pieds et percole un jus. C'est l'heure pour moi de vouer fidélité au premier dealos du monde. Au petit déj : aérosol, neuroleptique et méthadone. Sur le passe-plat de la cuisine, au milieu du bordel des rénovations, y a ma lettre adressée au procureur et une composition florale qui était pas là hier. Un rosier nain, hérissé de lavande, s'épanouit d'une douceur de buvard. Je lis la carte et reconnais direct l'écriture de mes deux belles au bois dormant.

14 messidor, jour de la lavande... et parce que c'est toi le plus fort. On t'aime !
Haroun Sissi

Je les aime aussi, mais qu'est-ce qu'ils peuvent être cucul la praline… M'enfin, les fleurs sont pas coupées. J'apprécie ce détail. Les bouquets, c'est de l'arnaque, s'entend, de la mort enrubannée d'artifices romantiques. Je replanterai ça dans le jardin, et même mon gosse pourra voir ma *fortitude* éclore chaque année.

Douche méditative et mise en beauté. Pas besoin d'extravagance pour ce que je prévois de faire, alors je table sur un teint unifié, du blush, et une paire d'anneaux que j'accroche à mes lobes. L'héroïne m'a foutu un sacré coup de vieux, je trouve. Mes rides d'expression, je les accepte, sauf qu'y a autre chose, une sorte de fatigue grisailleuse, presque chimique, qui est loin de s'estomper. C'est sûrement le produit de vingt ans d'addictions mal soignées. L'alcool abîme encore plus que les drogues dures.

À bord du bus qui me conduit chez Lysandre, je checke mes notifications sur Facebook. Je publie que dalle, juste des portraits de temps en temps pour donner signe de vie à la populace. Daniel s'y est inscrit, m'a ajouté et a liké l'intégralité de mon mur – y compris les photos de Sissi. Il m'appelle tous les trois jours, histoire de s'assurer que je respecte mon traitement. De ses enquêtes de terrain en CSAPA et centres médico-psychologiques, il a rassemblé divers brochures et dépliants, se confortant dans le sentiment que je leur avais pas menti, à Lucien et à lui. Il a paranoïé sur mon système immunitaire jusqu'à ce que je lui transmette mes résultats d'analyses. Je suis imprudent, OK, mais pas au point de chercher à clamser du dass. Il me dit que ça va aller, que la toxicomanie est une maladie et pas une identité immuable. Il me dit aussi : *C'est toi le plus brave !* quand je lui cause de mon oncle et de la paperasse que j'ai remplie à l'attention du tribunal. Je me demande quel goût aurait le mot Papa si je le prononçais. N'empêche que c'est sûrement déplacé, pas vrai, mais pas moins sincère pour autant.

Je scrolle mon agenda. Les rendez-vous de l'été défilent par code couleur : psychothérapie, addicto, *shooting*, notaire, sage-femme. Ça sonne pas mal du tout, cette liste, ça sonne responsable. Je suis enfin propriétaire de la baraque, et le chic, même si penser à la mort me déprime, c'est de coucher la Sibylle sur mon testament. Je dois la protéger au cas où, pour notre enfant. Le mieux serait de se marier, sauf qu'on vient d'entrer dans le bricolage infernal de la vie en trouple. On se fait des nœuds au cerveau pour faire valoir notre lien à l'administration, en vain. La bonne nouvelle, c'est que je tire désormais un revenu suffisant pour vivre de la photo. Entre mes ventes, les quelques prestations que j'ai fournies et l'à-valoir d'un éditeur de presse, je suis tranquille pour un an sans toucher le RSA. Mes conférences sont même rémunérées, maintenant. Je roule pas sur l'or, mais c'est plus que correct étant donné que je paye plus de loyer.

Mon reflet dans la vitre du bus me dégoûte. Vautré comme un schlag, *schlaksig* même, j'ai l'air de sortir du gnouf. Mon visage en lame de couteau taille le patchwork bitumeux. Au moins, j'ai pas de calvitie. *Happiness in Slavery* sature mes écouteurs et lancine mes tympans de subtils acouphènes. Lucien me répète que je vais virer sourdingue avant le demi-siècle et que c'est pas prudent, car les prothèses auditives coûtent bonbon. Autrefois, j'aurais raillé ses propos. L'argent avait pas de valeur et le temps pas de mesure. Je me sentais increvable et, par là, discernais pas mon propre potentiel de vioque sinon pour en rire, le parodier par anticipation. Maintenant, j'ai une corbeille à médocs et de la kiné respiratoire ; je baisse le volume et bouffe du bio.

Geborn zu sterben me chatouille les oreilles lorsque je descends à mon arrêt. Les logements de standing narguent les HLM au relief délavé. En dépit du béton omniprésent, le coin verdoie, et c'est franchement pas dégueu. Je me surprends à contempler les allées d'hortensias et sens le parfum ouffissime du chèvrefeuille devant le resto vietnamien. Passé le croisement, ça se complique. Je traverse la route et longe les rideaux métalliques des commerces à l'abandon. L'alarme du Carrefour, qui a fermé depuis des mois, retentit en boucle. La porte de service a été fracturée. Dans le caniveau, sur le parking et au-delà, les capsules vides de proto se mêlent aux seringues. Je m'engouffre sous un préau, dans une espèce de galerie marchande à ciel ouvert. Des gamins taguent la façade calcinée d'un kebab. Y a des squatteurs : les vitrines de la boucherie ont manifestement été cassées, puis condamnées avec des parpaings qui ont été fracassés à leur tour. Les tôles de fer qui les rebouchent désormais, à demi arrachées, s'incurvent juste ce qu'y faut pour permettre de se faufiler. On a déjà zieuté le quartier sur Google Maps avec Ly. La fonction d'archivage montre les anciennes prises de vue de Street View. Ça nous a foutu un bad terrible. Y a dix ans, l'endroit vivait : enseignes lumineuses, bande de voisins, massifs fleuris. Comment on en arrive là ?

Je presse le bouton de l'interphone, et la voix spectrale de Marcia m'invite à entrer. Je pénètre l'appart où des pots de peinture blanche, dégoulinants et cabossés, s'amoncellent sur des prospectus. Des relents aigres, mêlés aux vapeurs de solvants, se dégagent du séjour. Y a des bagages et encore moins de meubles que la dernière fois. L'aloès a regagné de la vigueur et se dresse comme une étoile au centre de la pièce. Marcia débarque, un tas de linge à la main, et le fourre dans une valise.

– La méthadone t'a rendu matinal, ah ouais ? qu'elle me fait sans lever les yeux de ses affaires.

Je métabolise vite. Le soir, je suis à fleur de peau, tendu. À l'aurore, le manque lèche chaque centimètre de ma peau, et hop, la lèche devient un écorchement de sueurs froides, un bouillon de globules qui fait crépiter les muscles et brûle les veines… jusqu'à la prochaine fiole de sirop, bien sûr. Je devrais refractionner le dosage – question de commodité, quoi.

– C'est de la merde, la métha. Il y a aucune liberté à ça, et pourtant, j'étais passé aux gélules. On remplace la drogue par une autre, et c'est toujours les mêmes qui morflent au bout du compte.

Lysandre a fait son entrée, enrobé de sommeil et d'assertions pourries. Discours anti-TSO typique : *ouin, ouin, la sécu me punit en me remboursant mon substitut*. La France, c'est pas la panacée en matière de politique des drogues, mais c'est mieux que les pays qui interdisent la métha. Ça évite les *cravings* intenables, les crises de manque à t'en claquer le crâne contre les murs quand y a plus de came. Elle est où, la liberté avec l'héroïne ? Je me rappelle les journées à planifier mes passages au CAARUD[1] pour du matos, à répertorier les pharmacies *tox friendly*, à angoisser sur la compo du produit à la moindre variation de son aspect, à préparer consciencieusement mes alus de la semaine pour me retrouver à tout fumer en une soirée. Et cette veine favorite, là, y a rien de plus merveilleux que de la voir saigner… non, rien… à part organiser des expos peut-être, ou soutenir la femme que j'aime… non… demain…

Je remarque les pipes coudées sur la table basse, les seringues 5CC encapuchonnées et les cuillères usagées : joyeux fourre-tout du polytox. Ça explique les odeurs d'ammoniaque.

– Pourquoi ce revirement ? Qu'est-ce que t'as ? Et tu fumes du crack, maintenant ?

– C'est pas tes oignons, qu'il rétorque en se dirigeant vers la cuisine.

---

1. Centre d'accueil et d'accompagnement à la réduction des risques pour usagers de drogues.

Marcia hausse les épaules en geste de dépit, puis me susurre :

– Je lui ai conseillé de baser au bicarbonate, moins irritant, tout ça. Il m'écoute pas.

J'indique sa pile de vêtements.

– Tu le quittes pour de bon ?

– J'ai trouvé une petite maison de courée à louer dans la zone. Le proprio a décidé de me faire confiance.

– Pour quoi faire ?

– Pour vivre, Simon, ou revivre. Je sais pas trop.

– Et Lysandre ?

– Il nous rejoindra quand il y verra un peu plus clair.

Ma gorge se congestionne de silence. J'ai jamais vu Marcia pour ce qu'elle était vraiment. On se ressemble trop, et pour nier cette évidence, je lui ai balancé ma toxicophobie intériorisée à la gueule.

– J'espère que toi, tu te tiendras à carreau, qu'elle ajoute.

– J'ai fait un choix, et la came est plus au menu.

À ces mots, j'appuie sur l'enveloppe de ma poche intérieure.

Le regard de Marcia s'éclaire d'une révélation subite. Elle trottine vers la chambre et en ressort avec un petit poulpe crocheté dans un camaïeu de violet.

– On a offert ça à Maxine en néonatalogie, lors de son sevrage dégressif à la morphine. Sibylle adore ces bêtes, non ?

Je hoche la tête.

– Les tentacules apaisaient Max et l'empêchaient de tirer sur les sondes. Ça plaît aux bébés et leur rappellerait le cordon ombilical.

Je récupère la pieuvre et la renifle. Ça pue le tabac, horrible. Je remercie Marcia, qui commence à chialer.

– Fais pas comme nous, qu'elle chevrote. Je suis désolée… Ton OD, c'est de notre faute…

Je la serre dans mes bras osseux. Elle sent le jasmin frais. Je réalise que c'est la première fois qu'on se touche, et c'est comme si je la connaissais déjà par cœur. Elle est belle, pas par son physique, mais parce qu'elle est brave, aussi.

– T'es venu pour quoi, au fait ? Tu l'as pas dit.

Elle essuie la morve qui dégoutte de son nez, me scrutant avec expectative et vague à l'âme. J'ai le souffle court, genre je m'apprête à arracher un pansement.

– Je suis venu dire au revoir.

– Oh…

– Lysandre, il empire.

Elle acquiesce d'un air coupable.

– Mais toi, si ça s'arrange, t'accepterais que… euh, je te photographie ?

– Pas à poil, alors…

Je ricane entre mes larmes et me fends de cette précision, flagrante à mes yeux, qui rassure toujours les modèles :

– J'impose rien, je touche à rien.

– Tel l'urbexeur passionné que t'étais auparavant…

– À part que t'es pas en ruine, Marcia.

Elle sourit de ses dents parfaites, quoique jaunies par la nicotine, et vérifie le contenu de sa trousse de toilette.

Je rejoins Lysandre à la cuisine. Il sirote son cappuccino en secouant la tête pensivement, comme pour lui-même, et cause sans me regarder.

– Putain d'ironie que ça se finisse de cette façon, mec.

Y a plus la moindre once d'amertume dans son intonation.

– T'encaisses la séparation, ça va ? que je demande, crispé.

– Marcia ? Pff… C'est encore un break à cause de la came. On surmontera ça, t'inquiète.

– J'ai un courrier à envoyer, tu m'accompagnes ?

– Ouais, deux secondes.

Il s'habille à la va-vite – T-shirt *oversize*, jogging, chaussettes et mules –, et on marche jusqu'au bureau de poste. Durant le trajet, il glose sur l'aide éducative à domicile dont il bénéficie – pour lui éviter le placement de ses filles –, et sur les travailleurs sociaux, *ces enculeurs de mouches*, sur la prohibition et les récents projets de lois antidrogue, etc. Je comprends sa colère, mais il me casse les couilles. Sa logique consiste à croire que nos traumatismes nous donnent le droit de tout bousiller. Faut assumer ses responsabilités, putain. Y a des usagers heureux, ou du moins, pour qui tout baigne : on en fait simplement pas partie. Lysandre gère mal ses consos et pond des laïus éventés qui schlinguent les années 80. J'ai plus de patience pour ses conneries, probablement parce que c'était les miennes aussi – et y a pas si longtemps que ça, je l'admets.

– Au fait, tu m'imprimerais pas une liasse de faux billets à refourguer lors de quelques deals miteux ?

– Non, que je tranche. Toi et tes magouilles, ça s'arrête aujourd'hui.

– Comment t'as changé !

– Ouais, et je regrette que ça soit pas ton cas.

– Je suis quelqu'un de bien, Si.

Il larmoie presque, et j'ai le cœur lourd. Dur de plaquer un ami.

– Jamais prétendu le contraire, mais je peux pas passer outre ce que t'as fait à Sissi.

– Elle a pas eu mal, arrête ! Je me contrôlais plus, et Haroun m'avait collé son poing juste avant… T'étais en train de mourir dans ma cuisine…

– C'est le geste, Ly… Le geste…

Il me regarde avec des yeux de merlan frit.

– Je repeins l'appart pour que Lou et Maxine s'y sentent bien, tu sais.

Je voudrais lui dire : *prends soin de toi, d'abord.* C'est l'unique forme d'aide que je peux lui apporter. *Regarde ta Simone, par exemple, elle s'en sort. Le nombre d'échecs, d'ajustements, de sevrages et de rechutes, c'est des étapes de plus vers un équilibre : celui que t'estimes bon pour toi, pour vivre auprès de tes proches.* Mais Lysandre a rien d'un gars comme moi. Il a personne. Il peut pas buller au bord de la Méditerranée et compter sur une sœur pleine aux as, ou fuir le salariat et réinventer la maison de son enfance.

On fait une halte à l'ombre d'un châtaignier tandis qu'une bruine indécise – drache ou pas drache ? – nous postillonne dessus. Ly empeste l'ammoniaque, ce qui me dissuade pas pour autant de l'embrasser. Son haleine âpre et farineuse flétrit dans ma bouche. Il pose ses mains sur mes clavicules, se laisse faire et tente même de prolonger notre étreinte à mesure que je recule. On se dévisage d'une manière bizarre, indéfinissable, déchirante. On s'est sans doute aimés.

– Bonne chance, Simon.

Je monte les marches du perron de la poste. Il me suit pas et préfère m'attendre dehors. Tant mieux. Je dois éprouver l'instant en solo. J'entre, sors la lettre adressée au procureur et fais la queue. Y a le témoignage de Charlène, l'attestation de ma psy certifiant le saccage de ma santé mentale et quatre pages d'épanchements détaillés sous benzos.

La psychothérapie fonctionne en tâche de fond et déverrouille mes serrures mentales. J'ai nourri de la rancune envers toutes les personnes que j'ai aimées – aimées au sens large, s'entend. J'en ai voulu à Charlène de m'avoir abandonné pour mener sa vie. J'en ai voulu à la marâtre de m'avoir foutu à la rue – après ma rupture avec Laurine, j'avais fait de sa maison le baisodrome des jeunesses communistes et en bon militant, je savais donner de ma personne. J'en ai voulu à Ly de rendre l'expérience de la came plus forte que tout. J'en ai voulu à Haroun d'incarner la force tranquille que je serai jamais. Et enfin, j'en ai voulu à Sissi de souffrir à ce point comme moi, de me refléter.

Aujourd'hui, et à juste titre, j'en veux à ce pédocriminel qui me sert d'oncle. J'ai pas peur d'une audition ou d'une confrontation chez les keufs. J'ai peur de mon silence et du privilège que ce connard en tire depuis des décennies.

Je remplis le formulaire du recommandé et poste l'enveloppe. Je l'observe dégringoler la boîte à l'instar du poids dans ma poitrine.

Quand je m'en reviens, Lysandre a disparu. Il a jamais eu l'intention de m'attendre. Je réfrène un sanglot. Subsiste plus qu'un vague arrière-goût de tabac à l'arrière de ma langue. Je mâche un chewing-gum à l'anis et décroche le téléphone qui s'affole dans ma poche.

– Ouais, chef, comment tu vas ?

Je réponds des banalités et, la vérité, celle qui me chamboule, c'est que je me sens enfin libre.

Anadyomène

Das ist die perfekte Welle, das ist der perfekte Tag
Lass dich einfach von ihr tragen
[...]
Du stellst dich in den Sturm und schreist:
„Ich bin hier, ich bin frei!"

Juli – *Perfekte Welle*

4 thermidor : une déferlante de possibles me révèle mes propres couleurs. Je tombe amoureuse de mon futur, pas de la mère en devenir ou de l'artiste prometteuse, mais de cette femme que je ne voyais pas, grandie par ses blessures et ses imperfections.

Je vis.

Sur la terrasse obombrée de glycines, je déguste une citronnade avec mon père et mon grand-père. Simon et Haroun explosent de rire, on ne sait pourquoi, devant le barbecue. J'esquisse la scène, ses lignes de soleil et son effervescence paisible sur un coin de mon carnet.

J'ai pris la décision d'écrire à notre bébé tout au long de ma grossesse. Simon en fait de même de son côté, à travers divers Polaroïds et instantanés. On imagine qu'on épluchera ces pages dans dix-huit, vingt ans avec nostalgie.

À table, chacun y va de son souvenir ou de son anecdote me concernant. Les verres s'entrechoquent et tintent dans l'écho de nos rires émus. Des regards se croisent, des mains se tendent. Difficile d'expliquer la sérénité qui m'imprègne et déborde de mes yeux. L'étape du quart de siècle, que je le veuille ou non, marque un changement de cap. Je modèle ma vie selon mes désirs en y incluant les personnes qui me font du bien.

Je suis là où je dois être.

Simon apporte le gâteau surmonté d'un geyser d'étincelles. Les chœurs s'élèvent et retombent en une crépitation d'applaudissements alors que je souffle les bougies. Haroun commence à couper les parts.

On s'aime plus fort, au plus près de nous-mêmes, à trois. Je viens d'avoir vingt-cinq ans et touche mes premiers revenus artistiques. Nous évoluons ensemble sans dévier de nos trajectoires personnelles. J'effleure ce ventre rond qui est le mien. Deuxième trimestre. Premiers mouvements. Il me tarde de le connaître. Une naissance est une scission, un prolongement aussi : voilà des sujets qui nous traversent, Simon et moi.

Pas question pour autant de brader mes rêves en échange d'une grenouillère, ou de revoir mes ambitions à la baisse. Mon entourage est d'un soutien sans faille à ce propos. Je dispose désormais d'un atelier aménagé dans les combles, un espace lumineux où aucun homme n'entre jamais. J'exposerai à Paris et à Amsterdam une série d'autoportraits et de sculptures en anamorphose. Je trace ma route comme un trait de pinceau. Je peux être tout ce que je veux.

On me donne des cadeaux soigneusement enrubannés. Je déscotche les emballages, histoire de maintenir le suspense, puis l'impatience me gagne et je déchire tout. Mon grand-père m'a acheté plusieurs palettes d'aquarelles pailletées.

– Hâte de faire le nuancier ! m'exclamé-je, pleine de gratitude. Il y a moyen de créer de jolis effets selon la dilution du pigment.

– Je savais que ça te plairait et que ça te serait utile.

– Merci.

Simon me glisse une boîte et une enveloppe sous le nez. La boîte contient une superbe édition des *Kunstformen der Natur* d'Ernst Haeckel, un zoologiste allemand dont l'œuvre a inspiré l'iconographie marine d'Émile Gallé – un maître verrier que j'admire. Je feuillette le livre avec enthousiasme et le fais circuler autour de la table. Simon vise toujours juste.

– Tu n'offres que des bouquins, toi, commente Haroun.

Mon père s'empare de l'ouvrage et demande, curieux :

– Tu peux me traduire le titre ?

– *Formes artistiques de la nature.*

Je pointe l'épaisse enveloppe et murmure :

– Traditionnel portfolio annuel ?

– C'est l'unique tradition que je respecte, alors !

Le papier baryté chatoie sous mes doigts. La composition des photographies se calque sur ma passion des fonds marins. Je revois la plage de Berck, la pieuvre géante du Pacifique et le poulpe des calanques. Des portraits de notre trouple où mon tatouage est à l'honneur ponctuent ces rencontres. Une surimpression du carrousel de mon enfance, sous le ciel corallien des Cerfs-Volants, me procure un léger sanglot. Simon a incorporé des illustrations en négatif, des tracés épurés où diverses citations poétiques s'entrelacent :

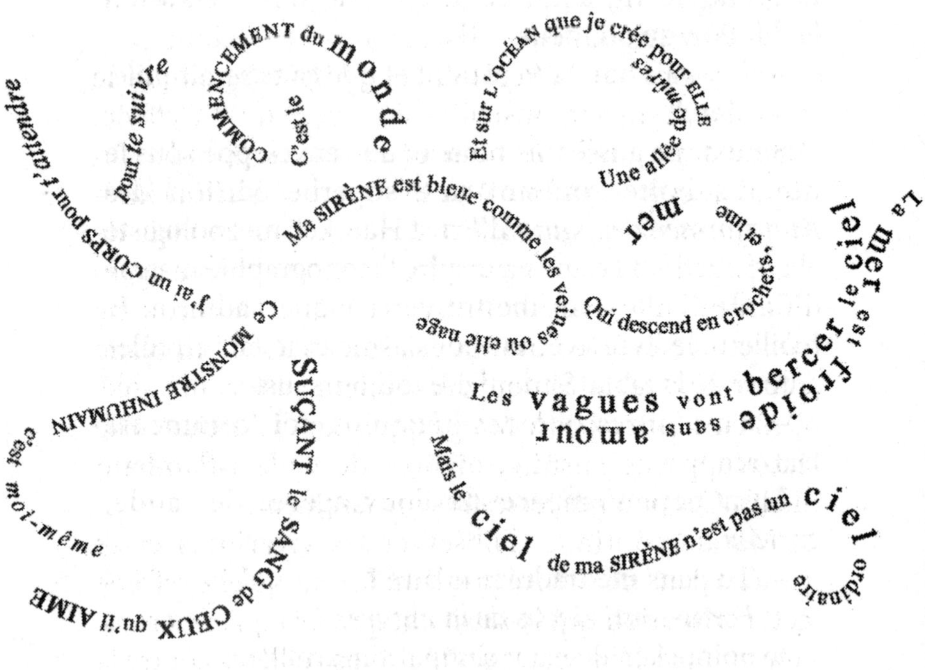

J'identifie Desnos et sa sirène, Paul Éluard, *La Cueillette des mûres* de Sylvia Plath et *Le Poulpe* d'Apollinaire. Le titre de cette série tient en un mot, un néologisme issu d'un comics des années 1970 : *Cecaelia* – créature mi-humaine mi-tentaculaire. C'est beau, d'une sincérité profonde et inhérente au style de Simon. On s'embrasse d'un regard complice.

Le carillon de la sonnette retentit. Je vais ouvrir et accueille Marcia. Elle a le souffle saccadé. Son front brille de transpiration et poisse ses cheveux de devant.

– Désolée, Sissi, je suis en retard… J'ai laissé mes petites puces avec Lysandre et son éducatrice.

– Comment il va ?

– Tout doucement… Il a repris la méthadone.

On passe par la véranda, et Marcia remarque le nouveau terrarium installé à côté de celui d'Octavie. Une exuvie jonche le substrat de tourbe blonde. On dirait qu'une deuxième *Avicularia* s'est invitée à l'intérieur. Assister à une mue est digne d'un spectacle de science-fiction. Le corps se craquelle et s'anime après des jours d'inertie : la mygale a grandi et accouche d'elle-même. Son nouvel exosquelette est d'un blanc gélatineux, ce qui la rend particulièrement vulnérable. Octavie s'est cachée le temps que celui-ci durcisse. Elle est réapparue ensuite, diaprée de violets flambant neufs. Ces poulpes terrestres me fascinent.

Marcia continue d'observer les vivariums et se penche dans un silence prudent. Je sens qu'elle refrène cette crispation qui la saisit chaque fois qu'elle croise une araignée. Elle place ses mains en œillères contre la vitre.

– Ariane est assez nerveuse, elle déteste qu'on la dérange. C'est rare de l'apercevoir en journée.

– Donc tu as ta propre bestiole ?

– Oui, une *Xenesthis immanis* : une espèce imposante, d'ailleurs.

Je sors mon téléphone portable et scrolle la galerie. Une quinzaine d'images exhibent Ariane sous différents angles. Ses longues pattes élancées lui confèrent une envergure impressionnante, d'environ vingt centimètres. Elle affiche un noir velouté aux reflets roses, mais ce qui magnifie sa beauté est le motif étoilé de son céphalothorax.

– J'en reviens pas qu'Haroun t'ait convertie à cette passion.

Marcia s'approche de moi et se réjouit soudain.

– Meuf, faut que je te dise… J'ai eu le DAEU avec mention !

– C'est génial, ça ! Tu vas en fac de lettres, alors ?

Elle tire un certificat de scolarité de son sac à main et fait mine de s'éventer avec. Son air faussement orgueilleux me fait rire.

– Tu déchires !

On se prend dans les bras avant de rejoindre la fête. Une bise claque sur toutes les joues, et les clameurs alcoolisées redoublent. Haroun joue au garçon de café. Il a la phobie des invités au verre vide. Mon père, joyeusement saoul, secoue un écrin à bijoux. Je l'attrape pour y découvrir une pieuvre suspendue le long d'une chaîne en or.

– C'est ton talisman, déclare-t-il. Ton porte-bonheur.

Je noue le collier autour de mon cou sans attendre. Marcia s'excuse : elle n'a pas assez d'argent ce mois-ci pour me faire un cadeau. Je la rassure. Sa présence me suffit. D'autant plus qu'elle m'aide et m'accompagne dans ma grossesse, étant la seule femme de mon entourage.

– C'est une fille ou un garçon ? demande-t-elle. Vous devez le savoir, maintenant !

– On se laisse la surprise.

Simon renchérit :

– C'est même pas ça, on s'en fout !

– Et pour le prénom ? interroge mon grand-père.

– On l'a trouvé.

Je souris en coin. Haroun sonde la tablée d'un regard impatient et s'écrie :

– Vous voulez qu'on le dise ?

Ma famille, soutenue par Marcia, acquiesce en chœur. Simon se lève fièrement. Il annonce :

– Notre enfant s'appellera… Léonce.

Lucien réplique :

– J'avais un copain qui s'appelait Léonce.

– Ça sonne bien, ajoute mon père.

Marcia affiche une moue pensive, puis se tourne vers Haroun.

– Et toi ? Comment tu vis tout ça ?

– Ben, très bien… On a choisi le nom ensemble.

– Il a même lâché un rein dans le berceau, commente Simon.

Les pommettes d'Haroun s'empourprent, et j'en embrasse une – ce qui n'arrange pas son affaire. J'ai confiance en lui ; il y va à son rythme. Nos rôles parentaux s'ébauchent au fur et à mesure de nos échanges. C'est un flux constant. On imagine que notre enfant grandira dans un melting-pot rassurant, où la diversité serait la norme. J'ai l'impression d'être enceinte autant d'Haroun que de Simon… et ce sentiment infuse autour de nous, nous éclaire et nous effraie parfois.

On sera une famille extraordinairement banale, je pense, à reconstruire notre monde cabossé, à adopter des mygales plutôt que des chiens, à colorier nos vies sans se soucier de dépasser.

La discussion suit son cours. Mon père, intrigué par les photos de Simon sous stupéfiants, l'interroge sur son processus créatif maintenant qu'il ne se drogue plus. Après tout, il s'extasie sur des héroïnomanes notoires depuis sa jeunesse. J'ai sûrement hérité de son penchant pour les artistes torturés. Mon grand-père discute de ses voyages avec Haroun et Marcia.

Le dessert s'éternise jusqu'en fin d'après-midi et vire à l'apéro. Les baffles crachent leur pluie de décibels. Mon père gère la playlist : Lou Reed, David Bowie ou encore Iggy Pop résonnent dans le jardin. Haroun prend le relais et lance le premier album de KOMPROMAT, un duo influencé par les débuts de la techno berlinoise. Les morceaux mêlent habilement allemand et français. Lucien ne trouve rien à y redire pour une fois. Lorsque *Traum und Existenz* démarre, Simon me tend une main grandiloquente et articule :

– *Meine Liebste…*

Je danse, danse, danse… Il presse un genou entre mes cuisses tandis que nos bouches fusionnent, nous plongeant en apnée l'un à l'intérieur de l'autre. Haroun ronronne à mon cou. Je me hisse sur la pointe des pieds et cueille, depuis sa barbe, le piquant d'un baiser.

– Et maintenant ?

– Maintenant, on respire.

On se serre si fort tous les trois que le sang me monte à la tête. Et si je tourne en rond, si j'entends du fond de nos étreintes le bruit de la mer, pour la première fois, enfin, j'avance.

Chansons citées

Bad Cop, Bad Cop, « Amputations », *Warriors*, Fat Wreck Chords, 2017.

Destroy Boys, « Escape », *Open Mouth, Open Hear*t, Hopeless Records, Inc., 2021.

Garbage, « Sleep Together », *Version 2.0*, Mushroom Records, 1998.

Alice in Chains, « Junkhead », *Dirt*, Sony Music Entertainment, 1992.

Sleater-Kinney, « The Swimmer », *All Hands on the Bad One*, Sub Pop Records, 2000.

Lunachicks, « Octopussy », *Babysitters on Acid*, Go-Kart Records, 1990.

Bikini Kill, « I Like Fucking », *The Singles*, Bikini Kill Records, 1998.

My Chemical Romance, « Mama », *The Black Parade*, Reprise Records, 2006.

Sponge, « Lucky », *New Pop Sunday*, Unidisc Music Inc., 1999.

The Cure, « From The Edge of the Deep Green Sea », *Wish*, Universal Music, 1992.

Nena, « Leuchtturm », *Nena*, BMG Rights Management GmbH, 1983.

Metric, « Breathing Underwater », *Synthetica*, MMI, 2012.

The Beatles, « Octopus's Garden », *Abbey Road*, Apple Records, 1969.

The Bravery, « I Am Your Skin », *Stir the Blood*, The Island Def Jam Music Group, 2009.

Halsey, « Girl Is a Gun », *If I Can't Have Love, I Want Power*, UMG Recordings, Inc., 2021.

Björk, « Venus As a Boy », *Debut*, One Little Independent Records, 1993.

The Smashing Pumpkins, « Disarm », *Siamese Dream*, Virgin Records America, 1993.

Hüsker Dü, « Pink Turns to Blue », *Zen Arcade*, SST Records, 1984.

Coldplay, « Green Eyes », *A Rush of Blood to the Head*, Parlophone Records, 2002.

Blue Öyster Cult, « Perfect Water », *Club Ninja*, Sony Music Entertainment, 1985.

Jane's Addiction, « Ocean Size », *Nothing's Shocking*, Warner Bros. Records, 1988.

Nine Inch Nails, « Everything », *Hesitation Marks*, Columbia / Null Corporation, 2013.

Juli, « Perfekte Welle », *Es ist Juli*, Universal Music GmbH, 2004.

édition pré-presse
livres numériques

44400 Rezé

Achevé d'imprimer sur Roto-Page
en mai 2025
par l'Imprimerie Floch à Mayenne

Dépôt légal : août 2025
N° d'impression : 107005
Imprimé en France